柳広司

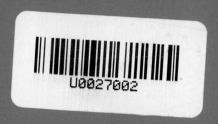

D機關

JOKER GAME

ジョーカー・ゲーム

1

柳廣司

高詹燦——譯

YANAGI KOJI

目錄

出版緣起

駭High，在推理的迷宮中

編輯部

推理小說到底有什麼魅惑之力，能夠讓世界上無數的熱愛者為之痴狂？是鬥智、解謎的樂趣？是抽絲剝繭，終於揭露眞相時豁然開朗的暢快？是驚嘆於陽光之外人性潛伏的深沉危機與社會百態的詭譎複雜？還是感佩於作家布局的巧思或高超的說故事功力？

好的小說只有一個評斷標準——好不好看（用文言一點的說法是「引人入勝」）。有的小說好看得讓人不忍釋卷，廢寢忘食，非一口氣讀完不可；有的則是讓人捨不得立刻讀完，寧可一個字一個字細細地咀嚼品味。

好的推理小說更是如此。

在台灣，歐美推理和日本推理各擅勝場，各有忠實的讀者群。推理小說是日本大眾文學的兩大顯學之一，也可說是日本大眾文學極致發展最具代表性的成熟類型閱讀，不但各大出版社都闢有「Mystery」系列，培養出眾多匠心獨運、各領風騷，甚或年年高踞納稅排行榜前茅的大師級作者，如松本清張、橫溝正史、赤川次郎、西村京太郎、宮部美幸、東野圭吾、小野不由美等，創作出各種雄奇偉壯、趣味橫生、令人戰慄驚嘆、拍案叫絕、甚或影響深遠的傑作；同時也一代又一代地開發出無數緊緊追隨、不離不棄的忠實讀者。而台灣，在日本知名動漫畫、電視劇及電影的推波助瀾下，也有愈來愈多人愛上日本推理小說的明快節奏與豐富的情報功能，閱讀日本小說的熱潮儼然成形。

二〇〇四年伊始，商周出版（獨步文化前身）推出「日本推理名家傑作選」系列以饗讀者，不但引介的作家、選入的作品均爲一時精粹，更堅持以超強的譯者及顧問群陣容，給您最精確流暢、最完整的中文譯本與名家導讀，眞正享受閱讀推理小說的無上樂趣。

如果，您是個不折不扣的推理迷，歡迎進入更豐富多元的日本推理迷宮；如果，您還是推理世界的新手讀者，正好奇地窺伺門內的廣袤世界，就讓「日本推理名家傑作選」引領您推開推理迷宮的大門，一探究竟。從一根毛髮、一個手上的繭、一張紙片，去掀開一個角，去探尋、挖掘、對照、破解，進到一個挑逗您神經與腎上腺素的玄奇瑰麗世界！

JOKER GAME

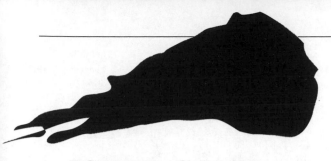

1

「我熱愛日本文化，目前我已經看過藝妓、富士山，就只剩切腹秀了。我十分期待你的表演，請！」

美國技師約翰・高登不懷好意地笑著，擋在門口的身軀側向一旁。

「上！」

佐久間低聲發號施令，背後待命的憲兵隊馬上衝進家中。

「噢，我家嚴禁沒脫鞋就進來。隊長先生，請交代你的部下脫鞋！」

佐久間無視高登的抗議，自己也直接踩進屋內。

佐久間經過高登身旁時，從他壓低的憲兵帽帽緣底下斜眼窺望這名站在門邊的高大美國人。金髮、鷹鉤鼻、藍灰色的眼瞳，典型的外國人長相；卻偏偏穿著純正的日本服裝。

親日人士。

就佐久間出發前看過的報告書來看，這點確實毋庸置疑。

約翰・高登在三年前接受日本一家大型貿易公司的聘請下來日。從那之後，他便成了「日本文化的俘虜」，在日本長住下來。他在貿易公司裡負責檢查引進日本的精密機械，同時在神田租下一間傳統日式住宅，端出和室桌，過著用碗筷吃飯的生活。晚上喝的是日本酒，就寢時是在榻榻米上鋪棉被睡，還學習三弦琴，和藝妓同樂，徹底融入日本生活。佐久間之前閱讀的報告書甚至還確認到，他「早晚都會合掌膜拜天皇夫婦玉照」，鄰居也對他讚不絕口。除了他一激動起來，便連珠砲似地猛說英語的老毛病外，他所過的生活比現今一些洋腔洋調的日本人更有日本味。

然而這位高登如今卻突然被懷疑是間諜的原因是，有名因其他案件被逮捕的男人禁不住嚴刑拷打，而供出了他的名字。據說高登暗中偷拍陸軍使用的暗號表。

這樣已算有充分的嫌疑，不過……

「去扣押證物。」

陸軍的武藤上校似乎又宿醉了，以相當不悅的沙啞聲說道：

「這傢伙肯定是間諜。不過像這種卑鄙齷齪的傢伙，只要沒把證據攤在他眼前，便會一直敷衍搪塞。你要帶回確切的證據，讓他們無話可說。」

佐久間前陣子到參謀總部報到時，武藤上校指著他的鼻子下了這道命令。

他穿過高登身旁，一腳踏進光線昏暗的日式住宅後，突然莫名覺得有哪裡不對勁，停下腳步。他轉身回望，再次確認「目標物」。

——這傢伙肯定有鬼。

佐久間領軍的憲兵隊不只日本人，就連居住在日本的外國人也聞之色變。然而，當「惡名昭彰」的憲兵隊都已闖進家中的此刻，高登卻只是搖著頭，佯裝困惑，那對藍色眼珠仍舊泛著笑意。

（他到底是哪來的自信？）

佐久間像是要尋找答案似地轉頭望向這次任務開始後，便如影隨形緊跟在他身後的三好少尉。

三好的憲兵帽戴得特別深，看不見他的雙眼，只能勉強看見下半邊臉，就像能面一樣面無表情，完全看不出情緒。

（難不成我剛才犯了嚴重的錯誤……）

他清楚感覺到在略嫌緊繃的制服下，一道冷汗從背後滑落。

驀然間，那名人稱「魔王」的男人黑影，從他腦中掠過，復又消失。

2

佐久間是在一年前的昭和十三年（一九三八）四月，首次見到那名男人。

「你眞是太蠢了。」

站在窗邊的黑影突然如此說道。

清晨的陽光正好從占去房間一大面牆壁的窗戶射入，從外頭正面射進屋內。

佐久間不發一語，因逆光而瞇起眼睛。這時，黑影突然從窗邊移開，以略顯生硬的動作繞過擋在兩人中間的大型辦公桌，來到面向他立正站好的佐久間身旁。

「有人會穿著西裝敬禮嗎？」

黑影在他耳邊低語。

佐久間猛然察覺對方**話中含意**，急忙解除敬禮的姿勢。

感覺到對方離開後，佐久間緩緩吐出口中的冷氣，這才轉頭望向之前只看得見一團「黑影」的男人背部。

男人渾身無一處贅肉，窄細的身軀已經到了過瘦的程度。以日本人來說，他算是高個子，一頭長髮在腦後綁成一束，身穿一襲質樸的灰色西裝。

結城中校。

堂堂大日本帝國陸軍的高級軍官。

佐久間方才會覺得他「動作生硬」，是因爲結城中校拄著枴杖，拖著左腳行走。

結城中校像剛才一樣繞過辦公桌，往一張有椅背的大椅子坐下。

「這麼說來，你是參謀總部派來的間諜？」

對方冷不防說了這麼一句，佐久間馬上反駁：

「不，我才不會做出像間諜般卑鄙的……」

佐久間話說到一半，又硬生生把話吞了回去。

「間諜很卑鄙，是吧？」

辦公桌對面的結城中校再度化為黑影，冷然一笑。這時，佐久間想起參謀總部裡流傳的耳語，一陣寒意在背後遊走。

——結城中校以前是位優秀的間諜。

傳聞結城中校曾多年潛伏敵國，將該國重要的內部情報帶回給日本陸軍。但後來因自己人的背叛，使得他身分敗露，遭到逮捕。經過一番嚴厲審問和嚴刑拷打後，最後他伺機逃脫，並且偷偷將敵國情報機關的機密情報帶回了日本。

這終究只是傳聞。

（又不是小孩子看的冒險小說，現實世界哪有這種人？）

初聞這項傳言時，佐久間只是一笑置之……

他瞄了一眼結城中校擺在桌上微微交錯的十指。儘管人在屋內，結城中校還是戴著白色的皮手套。

聽說他右手的五根手指，在敵國情報機關的拷問下嚴重扭曲，為了掩飾傷痕，右手始終戴著白色的皮手套。那次拷問也廢了結城中校的左腳，讓他得靠枴杖才能行走。而且他隱藏在西裝底下的背膀，至今也仍留有令人看了發毛的傷痕。

（這怎麼可能？現實世界裡應該沒有這種人才對……）

佐久間莫名有一種**非現實**的感受。

在結城中校的提案下，陸軍於昭和十二年秋天設立了全新的「情報勤務要員養成所設立準備事務室」。

情報勤務要員養成所。

那是諜報員培訓所，亦即「間諜培訓學校」，當眾人明白其設立的用意後，內部頓時引發猛烈反彈。

「陸軍已經有參謀總部第二部第四班，以及第五課到第七課所組成的『三課一班』分擔祕密作戰，不需要其他組織。」

這是對外的藉口；實際的原因是陸軍內部有一股強烈地認爲「情報活動是極其卑鄙的行爲」的風潮，十分瞧不起這種作戰方式。

——間諜只是一種權宜之計，本質上有違日本傳統的武士道。

有不少軍方高層人士毫不避諱地公開表明這種態度。

就現實情況來說，他們所謂「分擔祕密作戰」的「三課一班」，其實只是少數幾名參謀將領像是在進行某種見不得人的行爲似地，勉強延續罷了。

而在這時候陸續發生了外國間諜引起的機密情報外洩事件。軍方爲了解決這個漏洞，

註：日本戰前的政府機關之一，爲大日本帝國陸軍的行政機關，首長爲陸軍大臣，存續時間爲一八七二～一九四七年。

便修正陸軍省（註）法規，使得「間諜（及間諜培訓所）無用論」也一時跟著銷聲匿跡。

不過，在培訓所接受間諜訓練的「學生」並非陸軍士官學校或陸軍大學（註）的畢業生，而是從一般大學畢業生中挑選。這項決定在陸軍內部引發了軒然大波。

——除了軍人以外，其他都不是人。

對這個想法早已深入骨髓的軍人來說，這是很自然的反應。

「怎麼能將軍中的重大機密交給**半吊子**的地方人來處理？」

有人不屑地如此說道。

所謂的「地方人」是陸軍用語，意指**軍人以外**的平民百姓。

倘若是在學期間被徹底灌輸過軍人精神的陸軍士官學校畢業生，倒還另當別論，但如果要他們信任在「外面大學」受教育的學生，根本就是天方夜譚。

還有另外一個眾人不願明說，卻在陸軍內部引發強烈反彈的原因。

過去在陸軍士官學校和陸軍大學以優秀成績畢業的「軍刀組」，一律會被任命為各國日本大使館的隨行武官。任期通常為兩年，最長也不會超過五年，一旦外地的任期結束，幾乎都會被調回參謀總部。

可說是出人頭地的最短捷徑。

——要是眞設立了間諜培訓所，我們會不會就此失去擔任武官的可能？

不可否認他們心中都如此擔憂。

不管再怎麼抬頭挺胸地主張自己是「偉大的大日本帝國陸軍」，但既然軍隊是一種官僚組織，努力要保住自己的既得利益，也是組織化的必然結果。

之後的「高層」展開何種角力，下面的人就不得而知了。

一年半前，武藤上校將佐久間陸軍中尉喚至跟前，當場命他調任至「情報勤務要員養成所設立準備事務室」。他被指派的任務內容，是負責與參謀總部聯絡的窗口。看來，陸軍高層同意讓結城中校開設「間諜培訓學校」（文件資料上是記載爲「D機關」）的條件，是他得同意接納參謀總部派出的人員。

不管怎樣，對軍人來說，上級的命令就是一切，毋需任何理由。

佐久間也沒問清楚緣由，一接到任命，便準備動身前往新的任務地點。但告訴他這項命令的武藤上校卻板著臉孔叫住他：

「你有西裝嗎？」

「西裝？」佐久間不禁反問。

「如果沒有，就去張羅一件。還有，用不著那麼急著去。對方吩咐過『在頭髮留長前不必來』。」

註：大日本帝國陸軍培養參謀將校的養成學校，存續時間爲一八八三～一九四五年。雖有大學之名，但只有軍人才能入學。

武藤上校從辦公桌的文件中抬起頭來，注視著佐久間的頭頂。

不必看也知道。既然是陸軍的職業軍人，一定是頂著一顆「小平頭」。

「這是對方提出的要求。他說『我們是諜報員培訓學校。只要一看就知道是軍人，也就是身穿軍服，理著小平頭的人，不管是誰，一律不准在我們這裡進出』。換句話說，只要你頭髮沒留長、沒穿西裝，就不能去。在那之前，你就暫時在家裡待命吧。」

說完後，武藤上校從椅子上站起，隔著辦公桌，趨身湊向立正站好的佐久間。他吐出熏人的酒氣，壓低音量說道：

「你聽好了。他們要是出了什麼差錯，馬上向我報告，不管再小的差錯都行。只要一出差錯，他們就完了，但如果沒有的話……」

——這樣你懂了吧！

那幾不成聲的恫嚇，在佐久間耳中迴盪。

3

「佐久間**隊長**！」

轉頭一看，一名憲兵隊的隊員在佐久間右前方，與他間隔三步的距離地朝他敬禮。

「已完成隊員在屋內的配置，隨時都能展開調查。」

「嗯。」佐久間沉吟一聲，再次轉身望向身後的三好。後者還是深戴著憲兵帽，完全看不出他的表情。他膚色蒼白，配上以男人來說過於豔紅的薄唇。嘴角輕揚，泛著冷笑……

佐久間將視線移回前方。那名身穿制服朝他敬禮，等候他的調查命令的男人，也同樣深戴著憲兵帽。別說表情了，佐久間就連此人的身分也無從分辨。

——他是波多野……不，是神永嗎？

佐久間咬緊牙關，強忍住想問清楚他是誰的衝動。

「……開始。」

佐久間一聲令下，各就各位的憲兵立刻同時展開調查。

分散於各個房間的男人分別拉開衣櫃抽屜，丟出裡頭的東西，打開壁櫥，往閣樓裡查探，扯開拉門……

「噢，你們怎麼這樣！這裡是我家。那是我的東西。擅自破壞他人的東西，是不對的！」

屋主高登馬上誇張地提出抗議。

他們不予理會，高登變得面紅耳赤，開始連珠砲似地說起了英語。

隔了一會兒，耳邊傳來一陣低沉輕細的聲音。

「……我嚴重抗議……日本憲兵隊……擅自破壞我的物品……此事就算是負責人『切

腹』也不可原諒……我要向大使館提出抗議……一定要讓它成為國際問題……」

三好逐一翻譯高登連珠砲似的英語。

佐久間在事前調查就知道「目標物」一激動起來就會猛說英語，因此才特地帶來三好擔任隨行口譯，然而……

——好吵。

佐久間不禁蹙眉。

就算沒有口譯，他也聽得懂高登的英語。

用英語和日語連聽兩次同樣的抱怨內容，只會更加痛苦。

但是他現在不能表現出情緒。

佐久間儘管心裡不耐煩，仍不忘環顧四周。

現場有十一名男人身穿憲兵制服，深戴憲兵帽，動作俐落地持續在屋內調查。

連佐久間看了，也覺得**煞有其事**。

應該沒人會認為他們是**假的憲兵**吧。

（這群怪物……）

他將來到嘴邊的咒罵吞回腹中，內心苦澀不已。

諜報員培訓學校第一期生——

亦即「D機關」第一代的考生，打從他們接受選拔考試的時候起，佐久間便見證了一切。

那眞是一場希奇古怪的考試。

舉例來說，有人被問及從他走進這棟建築一直到考場，總共走了幾步，走過幾個階梯。

也有人被要求打開世界地圖，從中找出塞班島的位置，不過塞班島已在事前由考官巧妙地從地圖上移除。如果考生明白指出這點，接下來則是被問，在地圖和桌子中間放了什麼樣的東西。

還有一種測驗方式是先讓人唸幾段沒有任何意義的句子，過了一段時間後，要人倒背出那些句子。

看在佐久間眼中，他只覺得這些測驗眞是「荒唐」，因爲他不認爲有人受得了這種問題。

但吃驚的是，這些考生面對這些莫名其妙（就某些層面來講，還相當荒唐）的問題，竟然還有不少人可以若無其事地回答出來。

正確回答出從走進這棟建築到考場間的步數和階梯數的人，甚至考官也沒問，便自己指出途中走廊的窗戶數目、是開還是關、有無裂痕。

被問到地圖和桌面中間放置何種物品的人，非但正確答出墨水瓶、書、茶碗、兩支筆、火柴、菸灰缸……等十種物品，甚至從書背上所寫的書名，乃至於抽一半的香菸是什麼牌子，也準確地說了出來。

至於那名被要求將那些沒意義的句子倒背出的考生，則是一字不漏地唸出所有內容。

佐久間也是以優秀的成績畢業於陸軍士官學校，稱得上所謂的「菁英」，對觀察力和記憶力都有相當的自信；但他也只能以「異常」來形容這些人的能力。

——這些人到底是何方神聖？他們之前都藏身在何處？

佐久間的疑問馬上被一道高牆反彈回來。

考生的經歷，甚至是姓名、年齡，一切都是「最高機密」。

單憑服裝和態度來判斷，考生當中沒有任何人是陸軍士官學校的畢業生，似乎都是東京或京都的帝大、早稻田、慶應等一般大學的畢業生。個個看起來都像是生長環境優渥、沒吃過苦的青年。佐久間後來甚至聽說考生當中不乏有帝大教授、上將、高官的兒子，以及有留學經驗的人。

不知結城中校憑著什麼標準，從這些考生中挑出了十幾名人選。

這些被選中的人全部一起生活，並接受間諜培訓。

不過他們聚集的這處場所，實在很難稱得上是什麼多了不起的設施。它座落在九段杭下的愛國婦人會總部後方，是一棟老舊的雙層建築。這棟建築會讓人聯想到鄉下小學分校，牆上的油漆泰半斑駁脫落，古意盎然的入口門柱上很不自然地懸吊著一小塊木牌，上頭寫著「大東亞文化協會」。

作為「未來間諜」的培訓處，這裡實在太過簡陋。

佐久間一開始造訪此處時，甚至還懷疑過，「就像間諜一樣，難道這棟建築本身也是一種偽裝？」但真相揭曉後才知道根本沒那麼複雜，就只是**缺乏經費**罷了。

陸軍內部似乎依舊對設立諜報員培訓所一事極為反彈，因而刪減原本的預算。這棟建築是接收昔日陸軍使用的老舊鴿舍，加以臨時改建而成。

後來陸續有人加入或退出，最後留下十二名學生。

——不，是十二名怪物。

這是這一年來，就近看著他們訓練的佐久間唯一的想法。

D機關的訓練內容非常多樣化。

舉例來說，有炸藥和無線電的使用方法、汽車和飛機的操縱法、學習多種方言和外語。並請來知名大學教授擔任講師，從國家體制論、宗教學、國際政治論，乃至於醫學、藥學、心理學、物理學、化學、生物學，進行各種授課。而學生之間，也會針對孫子、康德（Immanuel Kant）、黑格爾（Georg Wilhelm Friedrich Hegel）、克勞塞維茨（Carl Phillip Gottlieb von Clausewitz）、霍布斯（Thomas Hobbes），以及佐久間連聽都沒聽過的思想家和戰術家，展開艱深的討論，另一方面，也會從監獄帶來專業的小偷和開保險箱的慣犯，指導學生這方面的技巧。除了傳授靠一根鐵絲開鎖的方法外，也教導魔術師掉包撲克牌的手法、舞技、撞球技術，並找來歌舞伎的女形指導變裝術，以及請專業的小白臉示範如何對女人使用花言巧語。

所有學生都被要求穿著衣服在冷水中游泳，之後徹夜未眠地前往他處，而且被要求自然地將前日默背的複雜暗號使用得猶如平日所用的語言。

D機關還訓練他們在伸手不見五指的黑暗中，光憑指尖的感覺來分解短波收音機，再將它組裝回可以使用的狀態。還要求他們要用一根竹片不留痕跡地拆開信封、一眼便能看出鏡中左右顛倒的文字，並牢記腦中。

命令信不管再怎麼複雜，都得在看完後當場撕毀，而他們也受過如何復原撕毀的命令的訓練。

所有學生都能輕易地辦到這些耗費精神與考驗肉體能力極限的訓練。

不只如此。

在這些艱深的課程和超乎想像的嚴格訓練結束後，這群學生還經常晚上出外逛街。

D機關爲學生準備的宿舍沒有門禁時間，晚上是否要出遊，是個人自由。

佐久間總是心有不甘地目送那些學生晚上三三兩兩結伴出遊。

——這和我畢業的陸軍士官學校簡直就天差地遠。

話雖如此，他可一點都不羨慕這些學生。

對佐久間而言，陸軍士官學校時代的同袍和他親如兄弟。他們一起忍受教官和學長的磨練，一人犯錯，同期的全體學生都甘願一起連帶受罰。接受完嚴格的訓練，返回宿舍後，大家掏心挖肺，無話不談。對一些說喪氣話的同袍，大家會一同出言勉勵，熱淚相對，而最後一定是相互立誓，要為保家衛國貢獻心力。

佐久間至今仍可馬上在腦中浮現幾名同袍的臉孔。為了他們，就算犧牲生命也願意，他是真的這麼想。就某個層面來說，他們比親兄弟還要親，他們是一起吃大鍋飯的同袍。

而這裡的學生則是……

三好、神永、小田切、甘利、波多野、實井，佐久間知道的這些名字全是假名。儘管大家也是一起吃大鍋飯，但卻以假名互相稱呼，一旦有人問起，便以D機關事先準備好的假經歷來回答。雖然一起接受嚴格的訓練，卻連同期受訓的同伴真名也不知道。

——他們怎麼受得了這種生活？

佐久間替他們感到悲哀，而且一點都不羨慕他們。

某夜，佐久間行經餐廳前，突然停步。

所有學生罕見地聚在宿舍的餐廳裡，不知在討論什麼議題。當佐久間聽清楚他們的討論內容時，馬上臉色大變。

——日本真的需要天皇制嗎？

佐久間猛然拉開餐廳大門，欲打斷發言者的提問。

「你們這些傢伙！」

當中幾名學生緩緩轉向佐久間，每個人都處之泰然。令人驚訝的是，他們甚至不像喝了酒。

「你們到底在胡說些什麼……竟然說出如此大逆不道……」

他氣得說不出話來。

眾人望著佐久間，臉上浮現掃興的神情。

「我們只是在討論它的可能性。」

在場的三好開口道：

「我們剛才在確認天皇制的正統性與合法性的問題。」

——正統性？

佐久間為之愕然。

他差點就反射性地立正站好，好在他極力忍住。

軍中的常識是只要提到或聽到「天皇」二字，就得「立正站好」。如果有人一時疏忽，採「稍息」的姿勢，一定會被賞耳光，有時就算因此被關禁閉，也不敢有怨言。但在**這裡**，反而是在聽到「天皇」二字時，若是「立正站好」，就會被罰款。

「一聽到天皇會馬上立正站好的，就只有軍人了。」

佐久間前來報到的當天，結城中校以極其冰冷的口吻向他說明**這裡**的規則。

「就算穿西裝，留長髮，但只要一聽到『天皇』，便馬上做出讓周遭的人明白『我是軍人』的動作的人，我可不想讓他在這裡進出。我之所以訂立這項罰款規則，就是這個用意。」

說完後，結城中校露出冷笑：

「不過坦白說，因爲軍中的大人物看我不順眼，所以我拿不到足夠的預算。如你所見，我們只是個窮單位，所以我打算用你支付的罰款，有效地利用在其他方面。」

佐久間也的確支付過幾次金額不小的罰款。

不，比起罰款，更刺激佐久間的是每次罰款時，學生的嘲諷眼神。

——你那是單純的反射動作吧？怎麼會連自己的反應都沒辦法控制？

甚至有人一臉詫異地當面對他這麼說。

最近他聽聞天皇二字，終於已不會立正站好了。然而……

這是兩回事。

佐久間隔了一會兒後問道：

「這麼說來，你們正在討論現人神（註）天皇陛下的正統性是嗎？」

註：對天皇的尊稱，意指天皇是以人的姿態現身的神明。

「還有其合法性的問題。」

眼角餘光處，一名膚色蒼白的學生也神色自若地頷首。

「因爲現今亞洲各國並不接受天皇制所表現出來的特殊性，所以我主張應該回歸美濃部（註一）教授所提倡的天皇機關說（註二），從最基本的原理加以重新建構。不知佐久間先生您的看法是……」

「你給我跪下！」

當佐久間回過神來時，他已發出這聲咆哮。他把手伸向腰間打算拔刀，這才發現自己穿的是西裝而不是軍裝，氣得咬牙切齒。

「別那麼激動，和我們一起討論吧。」

「渾帳東西，我和你們沒什麼好談的！我明天就要向參謀總部報告此事，到時候總部就會決定你們的處分，在那之前，你們就先準備好受死吧！」

佐久間放聲咆哮，這時，一道黑影悄然無聲地從他背後冒出。

黑影戴著白手套，以枴杖支撐傾斜的身體。

「怎麼回事？」

結城中校環視在場眾人，如此問道。

三好一臉掃興地說明始末後，中校抬起手，在面前輕揮幾下，說了一句：

「你們繼續。」

「怎麼會這樣……」

佐久間啞口無言，結城中校轉身對他說：

「你說天皇是活神明？日本人眞的會講這種話，也就這十年間的事。在明治之前，京都以外的人甚至還忘了天皇的存在。要是現在突然將他尊奉爲『活神明』，想必他也很困擾吧。」

「你……」

「你要信仰什麼，是你的自由。管它是基督、穆罕默德，還是沙丁魚頭，你愛信就信吧。如果這是你眞的用自己的腦袋想通後，而決定要相信的話。」

因爲衝擊過大，佐久間震驚得喘不過氣來。

如果在「外面」說這種話，肯定馬上會因爲大逆不道的罪名而被逮捕。

結城中校的雙眼瞇成一道細縫，接著說道：

「你別忘了，**這裡**是間諜培訓學校。這裡的學生離開這裡後，會分散至世界各地，勢必得讓自己成爲『隱形人』。他們和那些跟在外交官身後，在國外待兩、三年就回國的武

註一：美濃部達吉（1873-1948）日本戰前的憲法學者、政治家，以天皇機關說和大正民主的代表理論家爲人所知。

註二：大日本帝國憲法下確立的憲法學說，主張統治權在於國家，天皇爲最高機構，在內閣及其他機關的輔佐下行使其統治權。

官不同，不像他們那般輕鬆自在。要獨自在陌生的土地待上十年、二十年……甚至更久，融入當地，化身為『隱形人』，蒐集該國的情報，將情報送回國內。不能讓任何人知道自己的身分，就算情況改變，也無法和任何人商量。間諜讓人知道身分，就只有任務失敗，也就是被敵人發現的時候。不想失敗，就不許有片刻的鬆懈。你能想像那是什麼樣的生活嗎？」

佐久間答不出話來，接著結城中校緩緩將目光移向餐廳裡的學生。

「未來只有一片漆黑的孤獨在等著你們。孤獨與不安。不久，你們甚至會懷疑起自己的存在。這時，由外部支撐起的一切虛幻之物，會像沙堡一樣，隨時間慢慢崩毀。到那時候，大部分人都會放棄任務，被敵人發現，或是轉為投靠敵人，要不就是發瘋。」

結城中校說到這裡停頓了片刻，再度向佐久間問道：

「如果你是間諜，被敵人識破身分時，你會怎麼做？」

「到時候，我不是殺了敵人，就是當場自盡。」

佐久間馬上抬頭挺胸回答。

武士道就是要看慣生死。

重視名譽。

死得壯烈，是武者的榮譽。

在軍中，一開始便會徹底灌輸這種精神。不是殺敵，就是自殺。除此之外，沒別的選擇，應該是這樣才對……

但餐廳裡的學生一聽到他的回答，紛紛笑出聲來，令佐久間無法理解。

「對間諜來說，殺人和自盡是最糟糕的選擇。」

結城中校搖著頭說。

——殺人和自盡……是最糟糕的選擇？

軍人不是一群可以接受殺人和自殺的人所組成的集團嗎？

「我不懂您這番話……的意思。」

「間諜的目的是將敵國的機密情報帶回國內，有利於推動國際政治。」

結城中校始終維持同樣的表情。

「而另一方面，死亡不論是對個人還是對社會，都是重大的不可逆變化。平時要是有人死亡，該國的警察一定會出動，而警察組織的特性就是非得將祕密整個攤在陽光下才肯罷休。有時會將之前諜報活動的成果全部化為烏有……不用想也知道，間諜殺死敵人，或是自盡，只會引來周遭的查探，是既沒意義又愚蠢的行為。」

——自盡……是既沒意義又愚蠢的行為？

佐久間只覺得氣血直衝腦門。

「這是怕死的怯懦想法！」

他回神時，話已脫口而出。

「我還是覺得間諜是卑鄙的存在。」

結城眼中浮現一絲笑意。

「那我問你，你自盡之後會怎樣？」

「要是我死了……」

佐久間思考片刻後，回答道：

「就能在靖國神社裡，抬頭挺胸地和我的昔日同袍見面。」

「哦，這麼說來，你是爲了能夠驕傲地在靖國神社和同袍見面才死的嘍？不過，要是見不到怎麼辦？」

「不可能見不到。」

「爲什麼？」

「爲國捐軀的烈士，都會被供奉在靖國神社裡。」

「原來如此。」

結城中校微微頷首，轉身面向所有學生。

「三好，你怎麼看？」

「居然一再反覆同樣的內容，好厲害的沙丁魚頭（註），調教得眞徹底……」

三好瞄了瞄佐久間，聳了聳肩。

「這就和新興宗教一樣。只要離開那封閉的集團，這種觀念就不會維持太久。」

三好一面說，一面冷靜地觀察佐久間的反應，那眼神就像是要餵老鼠新的飼料。

「神永，你呢？」

結城中校問。

「我的看法和三好一樣。例如日後**日本戰敗**時，他們也會馬上很輕易地就相信這種完全相反的結果。」

（竟然還說日本戰敗……）

這次佐久間眞的驚詫得說不出話來。

這些人到底在想什麼？他們的腦袋是怎麼回事？

「金錢、名譽、對國家的忠誠，甚至是人們的死亡，全是虛幻之物。」

結城中校對茫然自失的佐久間視若無睹，朝所有人說道：

「在未來等著你們的，是一片漆黑的孤獨。當中支撐你們的，不是外部所給你們的虛幻之物。你們要成功執行任務，唯一需要的，是在變化多端的各種情況下，都能馬上下判斷的能力，也就是在各種場合中靠自己的頭腦去思考。……天皇制是對是錯，這個題目很好。你們就好好地徹底討論吧。」

語畢，結城中校以枴杖拄著他傾斜的身軀，像影子般步出餐廳。

註：日本的諺語，意思是只要信仰夠虔誠，就算是沙丁魚頭也會受人景仰。

佐久間掃視著這群爲了調查證據，而在屋內來回走動的**假憲兵**，回想起昔日那段對話，心裡很不是滋味。

（他們擔任間諜的目的，甚至不是爲了名譽和愛國心。）

想到這裡，一股厭惡感從他的心底湧現。

但眞的有可能辦到這種事嗎？一輩子不愛任何人，什麼也不相信，這樣有辦法活下去嗎？

到頭來，眞正驅策這群人的動力，竟然是……

——如果是我，我一定辦得到。

就只是這種近乎可怕的自負。

就佐久間所知，只有**無情無義的人**才能過這種生活。

4

兩天前，佐久間傳達他從參謀總部帶回來的命令後，結城中校詫異地瞇起眼睛。

「要**我們**調查這名人物？」

佐久間遞出約翰・高登的資料，結城中校也沒細看，就直接拋向辦公桌地說道：

「說出個理由吧。」

「如同我剛才所說，這名目標物目前有間諜嫌疑。」

佐久間不得已，只好再說明一遍。

「武藤上校很期待本校能搜出明確的證據，以證實目標物的嫌疑。」

「證據？愚蠢透頂，找出那種東西要做什麼？」

結城中校如此低語。

「咦？您剛才說什麼？」

「就算不調查證據，只要放著他不管，不久他就會自己消失。」

——自己消失？

佐久間懷疑是自己聽錯了。

「高登有可能偷拍我大日本帝國陸軍的暗號表，嫌疑重大。您剛才說他會自己消失？意思是要『放他逃脫』嗎？」

「當間諜被人懷疑時，一切就結束了。**被人懷疑的間諜**還有什麼意義？現在才逮捕一名形同殘兵的對手，又有何用。」

「或許是這樣沒錯，可是……」

佐久間一時為之語塞，但他馬上加以反駁：

「只要逮捕他，加以審問，或許能逼他說出這次洩露機密和何人有關，或是查出一些我們不知道的相關人士。」

「從他的作法來看，那是單獨犯案。就算逮捕他，也問不出結果。」

「目前參謀總部對本校不只要求訓練，也要求要拿出實際的成績來。」

不得已，佐久間只好進一步說出實情。

「武藤上校說『這是個好機會，一定要帶回證據來』。換言之，這是對D機關正式下達任務命令。」

「眞是個沒意義的任務。」

「不過，命令終究是命令。」

結城中校黯淡無光的雙眼，正面望向緊纏不放的佐久間。

「我明白了。只要扣押證據就行了，對吧？」

結城中校面無表情地說道。

他叫來了「D機關」第一期的其中一人——三好少尉。

三好在佐久間面前，以驚人的速度將高登相關的調查書看過一遍後，馬上歸還資料說道：

「那麼，要怎麼處理？」

「僞裝成憲兵隊，闖進屋內調查。」

結城中校神色自若地說道：

「三好，你擔任現場總指揮。取得證據後，馬上離開現場。在眞正的憲兵抵達，引發騷動之前，約有四十分鐘的時間。辦得到嗎？」

「只要三十分鐘就夠了。」

三好微微聳肩，轉頭對佐久間說道：

「那麼，就請佐久間先生擔任憲兵隊隊長。」

「我擔任憲兵隊隊長？」

這句話令佐久間大感意外地頻頻眨眼。

「不是由你擔任現場總指揮嗎？」

「我會以口譯的身分與你同行。從資料來看，要和目標物直接談話，這麼做比較好。」

「可是……」

「如果是眞正的憲兵隊，闖進外國人家中卻不帶口譯隨行，那太不自然了。因爲那些人不可能聽得懂外語。」

經他這麼一說，佐久間已無法再反駁。

「那麼，就決定在兩天後的〇八〇〇執行。我會轉達所有人。」

三好輕鬆地留下這麼一句後，就準備開門離去，佐久間急忙叫住他：

「要是闖進屋內後，查不出證據怎麼辦？」

三好驚訝地望著佐久間。

「……應該有吧？」

三好像童話故事裡的貓一樣，咧嘴一笑地消失在門後。

任務當天。

D機關的學生按照預定計畫僞裝成憲兵隊，突襲目標物的住家。

約翰．高登一開始頑強拒絕憲兵隊調查屋內。

「我沒做任何壞事。我明明沒做壞事，爲什麼要調查我家？我不能接受！」

這名高大的美國人擋在門口，朗聲大叫。

他們想強行進入屋內，但高登張開雙臂在門口昂然而立，不讓佐久間一行人進屋。

高登比包圍他的眾人足足高出一個頭。他因激動而漲紅的臉，看起來活像赤鬼。如果強行硬闖，肯定會引發不小的騷動。事實上，左鄰右舍已開始陸續有人從門口探頭張望這場意想不到的騷動了。

——沒時間再繼續僵持下去了。

正當佐久間內心開始焦急時，高登突然飛快地講了一串奇怪的話。

「你們不要太過分……只有一次的話還好說……但第二次就不可原諒了！」

——什麼？他剛才說什麼？

佐久間不禁轉頭詢問三好。

三好就像要替他的提問口譯般，低聲朝目標物說了些話。

驀地，之前還板著張臉，堅持拒絕他們進屋調查的高登，此時突然雙目圓睜，接著拍手大笑：

「噢，我明白了，你可真敢說。眞有膽識。日本武士說到做到，對吧？」

他的態度驟變，令佐久間大爲吃驚。

「怎麼回事？你對他說了什麼？」

三好神色自若地應道：

「我跟他說『如果調查後找不出證據，隊長會當場切腹』。」

「什麼……」

佐久間啞口無言，他事前完全沒聽說這回事。

美國技師約翰．高登泛著冷笑，原本擋在門口的身軀側向一旁。

「我熱愛日本文化，目前我已經看過藝妓、富士山，就只剩切腹秀。我十分期待你的表演，請！」

只能先做好心理準備了。

「上！」

佐久間低聲下令，這群假憲兵也同時衝進屋內……

「隊長先生，你怎麼了？臉色不太好看呢。」

高登對佐久間說道：

「你的部下還要繼續搜我的房子嗎？你們再怎麼搜，也搜不出東西的。」

他還是一樣自信滿滿。

——他到底打算怎麼善後？

擔任現場總指揮的三好，一樣面無表情，沒任何反應。該不會……

佐久間突然想到某個可能性，暗自咬牙。

（我又抽到鬼牌了嗎……）

和那時候一樣……

那是大約半年前的事。

佐久間發現學生聚集在餐廳裡玩撲克牌，馬上也自願加入。坦白說，佐久間並沒有其他興趣，撲克牌是他唯一的嗜好。

他對自己的牌藝頗有自信。

但玩了幾輪下來，佐久間始終沒贏過。

並不是因爲發到的牌太差。

每當佐久間拿到一手好牌時，其他人便會以低額的賭金下注，反之，當他拿到一手爛牌時，其他人一定以高額賭金下注。偶爾拿到好牌，提高賭金時，對手卻一定都打出比他更好的牌。

儘管牌桌上的對手不斷更換，但佐久間還是輸個不停。

——這也沒辦法，有時候運氣就是這麼背。

佐久間聳了聳肩，拿出口袋裡所有的錢，放在牌桌上，這時學生才一臉歉疚地向他說明當中的玄機。

原來是他們串通好的。

站在後方的人偷看佐久間的牌，然後向牌桌上的人打暗號。

佐久間爲之愕然。

由於大受打擊，他甚至沒想到卑鄙這個字眼。

「你們要詐贏牌，有什麼樂趣可言？」

佐久間低聲反問，學生彼此對望。

「我們不是玩牌。」

「什麼？那你們在幹什麼？」

「我們姑且稱它爲『鬼牌遊戲（Joker game）』……」

「鬼牌遊戲？」

「也就是說……」

他們解釋了一套極爲奇妙的遊戲規則。

在牌桌上玩牌不過是一種假象。玩家會以出入餐廳的人當自己的同伙，再由同伙偷看對手的牌，以暗號通知玩家；但是參與的人都不知道誰站在哪一邊。所謂同伙的暗號也許有假，玩家自身也會看穿敵方的暗號，改變出牌方式，或是讓敵方的間諜背叛，改站在自己這邊。除此之外，似乎還有許多複雜的規則，但佐久間無法理解。

「爲什麼規則一定要這麼複雜？」

「其實談不上複雜。」

一名學生聳肩應道：

「充其量，不過就像國際政治罷了。」

「國際政治？」

「請把牌桌想成是國際政治的舞台。」

另一人從旁插話：

「如果情報完全洩露，絕對贏不了遊戲。就像幾年前，在倫敦舉辦縮減軍備會議時的日本一樣。當時談判桌上的其他各國玩家，早已事先掌握所有情報，明白日本讓步的最大限度爲何。像這種遊戲怎麼可能贏得了？沒錯，眞要比喻的話，當時日本的外交團，就像你一樣，明明不知道遊戲規則，卻自己跑來參加。」

語畢，學生彼此對看一眼，放聲大笑。

日後佐久間就算看到學生在玩牌，也絕不再靠近。

他們這次又是在什麼規則下，玩著什麼遊戲？

光在一旁觀看，根本瞧不出任何端倪。

但至少佐久間非常清楚一件事。

——對這群人來說，一切不過都只是遊戲。

也許就算是冒著生命危險執行的間諜任務，對他們來說，也不過是好不容易才發現的「有趣遊戲」罷了。

除了自己以外，不相信任何人的虛無主義者。

無情無義。

個個都是怪物。

國家的未來絕不能交到這些來路不明、陰森可怕的傢伙手上。

這次參謀總部下令執行的任務，應該是用來打垮這些傢伙的藉口。

要是能找出確切的證據，證明約翰·高登是美國派來的間諜，那就好了。這麼一來，D機關的學生才會真切感受到「我們日後也會像這樣遭人逮捕」的恐懼與不安，明白這是現實，而不是遊戲。

而另一方面，如果他們未能發現證據，參謀總部應該會大肆抨擊D機關的毫無作用，出手毀了這個機關。可是……

身上穿著假憲兵服的學生，結束屋內的調查，陸續來到佐久間跟前報告結果。

「廚房查無所獲！」

「庭院查無所獲！」

「壁櫥查無所獲！」

「閣樓查無所獲！」

聽完報告後，佐久間不發一語地邁步前行，環視已整理乾淨的屋內。他不得不承認，學生的調查確實既俐落又徹底。

——這裡原本就沒有該搜的證據。

跟著佐久間到處走的高登，一臉滿懷期待地開口道：

「隊長先生，怎麼啦？表演時間也該到了吧？」

佐久間停步。

難道最後又是我抽到鬼牌？

佐久間闔上眼，已做好心理準備。

——既然這樣，那就沒辦法了。我就好好做給你們看吧。

他睜開眼，最後再次轉頭望向身後。

三好在壓低帽緣的憲兵帽下，微微一笑。

5

「你說找到證據了？」

聽完佐久間的報告後，坐在辦公桌後方椅子上的武藤上校，浮腫的臉孔頓時浮現驚愕之色。

「怎麼會，不可能啊……」

「您沒告訴我，這是第二次調查。」

佐久間以立正姿勢說道。在報告時，他的視線始終定在武藤上校頭頂牆壁上的一點。

「什麼？」

武藤似乎對佐久間主動開口一事感到驚訝，目不轉睛地瞪著他。

「你剛才說什麼？」

「您前幾天親自下令『派D機關調查約翰．高登這名美國間諜』，但當時我完全沒聽您提起憲兵隊已經到高登家調查過。」

「那還用說！」

武藤的模樣讓人聯想到鬥牛犬，他下垂的雙頰顫動著，放聲咆哮：

「你聽好了。你不過是我們和那班人之間的聯絡人罷了。難道我什麼都得跟你說明清楚才行嗎！少往自己臉上貼金！」

佐久間默默聽著對方的劈頭痛罵，職業軍人原本就不許對長官回嘴。

「這種事一點都不重要。證據到底藏在哪裡，快說！」

武藤上校不悅地問。

佐久間簡短有力地應了聲「是」，接著說出了答案，武藤上校聞言後，血色立即從臉上褪去。

「竟然有這種事……難道連你也一起……」

「不，我完全沒碰。」

武藤這才放心地吐了口氣：

「那麼，扣押起來的微縮膠捲在哪兒？」

「我並未扣押證據。」

「什麼？」

「我只是確認了證據，並未扣押。」

「什麼意思？」

「我故意讓微縮膠捲流傳出去。」

「你竟然做這種蠢事……」

武藤上校濃眉下的一雙大眼圓睜，露出充血的眼白。

「這麼說來……原來如此。你們找到的微縮膠捲，裡頭拍攝的內容不是陸軍的暗號表吧？」

「不，就像您之前說的一樣。」

「既然這樣，哪有像你這種故意將資料交給敵方間諜的蠢才！」

武藤上校一拳打向桌面。他的怒吼聲肯定已響遍整個參謀總部。其他人紛紛露出畏怯的神色望向他們，但佐久間仍舊不動如山地說道：

「既然已經知道是哪一本密碼表被偷拍，只要更改密碼就不會帶來危害。而且讓敵人使用已失去意義的密碼，對我方的暗號通訊反而有利。」

「什麼？這樣說是沒錯，可是……」

武藤上校朝那群轉頭看向他們的人，像驅趕蒼蠅似地對眾人揮了揮手。

「那個間諜人呢？」他壓低聲音問，「你們該不會也放他走了吧？」

「高登目前被結城中校扣押，當作教材。」

「教材？」

武藤上校發出反常的怪叫，頻頻眨眼。

「是，結城中校說要將他『調教成雙面諜』。」

停頓了片刻，武藤上校這才漲紅著臉大吼：

「可惡，結城那傢伙！這麼一來，他不就人證、物證、功勞全都拿去了嗎！還說什麼教材？媽的，他把人當什麼啊！我可不是他的玩具！」

佐久間仍舊立正站好，待他罵完後，才接著說道：

「這裡有個您忘記的東西。」

「我忘記的東西？」

武藤上校驚訝地接過佐久間朝他遞出的菸盒。

「這確實是我的……你在哪裡拿到的？」

「聽說這東西掉在『花菱』的走廊上。」

「花菱？」

武藤上校詫異地瞇起雙眼。

「你去花菱幹什麼？」

佐久間先說一句，「請容我私下報告。」接著繞過辦公桌走向武藤上校，湊近後者耳邊低語。

「就算對方是您熟識的藝妓，但您說出派憲兵隊到間諜嫌疑犯家中調查的事，也算是洩露軍機。」

接著佐久間再次回到原位，重新立正站好。

「另外，結城中校表示『他不會對外公開這次的事情』。報告完畢！」

武藤上校臉上血色盡失，沉默了半晌。他似乎一直很凶狠地瞪著佐久間，但後者始終注視著牆上的一點，不與他目光交會。

不久，武藤上校才咬牙切齒地從齒縫間硬擠出低沉的聲音：

「……你從什麼時候投靠他們的？」

佐久間頓時莞爾一笑。

——背叛的人是你吧？

這句話浮現在他腦中

一發現對方有間諜嫌疑時，武藤上校便親自率領憲兵隊前往約翰．高登家調查。武藤上校鮮少離開辦公桌，這次居然特地親臨現場，足見情報準確度之高。

在武藤上校的指揮下，憲兵隊強行闖入高登家中，展開徹底的調查。

結果一無所獲。

當時高登對一臉愕然的武藤上校說，「你這是非法搜索民宅，我要透過大使館正式提出抗議」。

他不清楚高登此話是否當眞。

不，既然已知道高登是間諜，他應該不想眞的將事情鬧大，但武藤上校卻因爲高登那番話陷入不安。若是高登眞那麼做，自己過去辛苦累積的資歷，將就此留下汙點。今後恐怕高陞無望……

百般焦急下，武藤上校心生一計。

為了掩飾自己的失敗，只要讓人重蹈覆轍就行了。只要讓某個人犯同樣的過失，就可解決此事。

就算高登向大使館提出抗議，比起第一次，他應該會將第二次的非法搜索民宅說得更爲誇張。

——就讓D機關去做吧。

武藤上校會想到這個點子，也是理所當然。

如果是向來便在陸軍內被眾人疏遠的間諜培訓學校，亦即D機關犯下的第二次調查疏失，那麼自己先前所犯的過錯，在陸軍內就不會過於突出。不僅如此，只要能藉這次機會，指出D機關的處理失當，進而鬥垮他們，那麼他所犯的疏失，也就算不上是什麼過錯了。

眞是一箭雙鵰。

武藤上校對自己想出的妙計竊笑不已。

但這計畫需要有人當犧牲品。在不讓對方知道我方意圖的情況下，能夠準確傳達命令的善意第三者，一個隨時可以犧牲的棋子。

——那就是我。

這是口頭命令，沒有證據。就算日後出了問題，武藤上校肯定也打算以一句「我沒下過這樣的命令」裝蒜，來個死無對證。

佐久間緊緊咬牙，這才勉強忍住差點表現出來的嘲諷表情。

「我只是遵照您的命令，擔任一名聯絡的角色罷了。」

佐久間極力保持面無表情。

武藤上校就像看著自己的殺父仇人般地狠狠瞪著佐久間。

「……你退下。」

「咦？」

「我叫你退下！」

「我明白了。佐久間中尉，就此告退。」

佐久間雙腳併攏，舉手敬禮。

他向後轉身，背後傳來有人狠狠踹了桌子一腳的聲響。

6

佐久間穿過參謀總部昏暗的走廊，來到建築外，眼前滿是盛開的櫻花。

參謀總部四周築起高牆，阻擋平民百姓的視線；但盛開的櫻樹，仍舊越過圍牆往外延伸枝椏。

佐久間瞇起眼睛，深深嘆了口氣。

——季節與人的一切行爲無關，始終輪替不休。

他的身體深深體會到這理所當然的事實。

猛一回神，他發現影子竟然自己動了起來。

他大吃一驚，原本正要深呼吸的一口氣，吞入了腹中。

那不是影子。

白色的皮手套，拄著枴杖，拖著左腳，踩著生硬的步伐。

結城中校從他背後無聲地走近，然後越過了他。

佐久間微微搖了搖頭，不發一語，與走在前頭的黑影並肩而行。

結城中校對走在他身旁的佐久間視若無睹，一直望著前方。

佐久間朝他那黑影般的身形瞄了一眼。

——仔細一想，那件事打從一開始就很奇怪。

結城中校常說「間諜是隱形人」，而他卻刻意讓理應是「隱形人」的D機關學生組成醒目的憲兵隊，在白天登堂入室。

爲什麼？

因爲要執行這次的作戰計畫，非得是**假冒的憲兵隊**才行。

以前憲兵隊曾經調查過目標物約翰．高登家中。高登是間諜是準確度很高的情報，連武藤上校都親自出馬，但憲兵隊還是沒能找出任何證據。

這次憲兵隊再次前來請求要進屋搜索時，高登完全沒把他們放在眼裡，心想：

——同樣是憲兵隊前來調查，這次一定也搜不出結果。

所以便鬆懈大意了。

儘管是第二次非法調查民宅，但高登一開始就只是敷衍地抵抗了一下，甚至是自己請憲兵隊進屋內。開始調查後，他也只是嘴巴上發發牢騷，既沒妨礙調查，也沒偷偷將證據移往他處。最後被D機關當著他的面搜出證據，陷入百口莫辯的窘境中。

不過……

憲兵隊確實曾經徹底地調查過。

「惡名昭彰」的憲兵隊所做的**調查**絕對是地毯式、鉅細靡遺的調查。

因此，佯裝成憲兵的D機關學生這次展開的調查，只是表面上做做樣子。他們一開始就不打算搜索民宅，只打算查看「眞正的憲兵隊絕對不會調查的地方」。

眞正的憲兵隊絕對不會調查的地方。

在高登家只有一處眞正的憲兵隊絕對不會調查的地方。報告書上記載：

——確認他早晚都會向天皇夫婦的玉照合掌膜拜。

高登就是將微縮膠捲，貼在崇高的**天皇陛下玉照後方**。

在此時的日本，直接碰觸天皇的照片是絕對的禁忌。前些日子報紙上還有一篇報導，提到一名小學校長不小心伸手碰觸天皇玉照，而受盡周遭指責，最後自殺。報上的評論也認為此事理所當然。

此種心理制約在搜索民宅的憲兵眼裡形成一處「看不見的地方」。

而另一方面，若無其事地讓學生討論天皇正統性的結城中校，儘管沒親眼看過現場，卻早已明白當中的玄機。

——到這裡為止，佐久間都還能理解。

但是要做到這點，至少結城中校得事先知道憲兵隊已到過高登家調查。

佐久間面向前方，朝那名像黑影般悄悄走在一旁的男人問道：

「你那根枴杖也是偽裝的吧？」

「你調查過了嗎？」

黑影似乎在喉內深處微微發笑。

佐久間輕輕將下巴往內收，幾乎看不出他的動作。

佐久間被參謀總部叫去，奉命對高登展開調查的當天，他一看就知道武藤上校又宿醉了。他前一天晚上肯定在某處喝酒。一想到這點，佐久間馬上想到某個可能性，於是他四處造訪以前武藤上校帶他去過的酒店。

「花菱」的老闆娘看見佐久間留了一頭長髮的模樣，大為吃驚。不過，當佐久間告訴老闆娘，他正在進行軍方的祕密調查後，不愧是專作陸軍將官生意的店家，馬上不再多問，而且有問必答。

武藤上校前一天晚上果然在花菱和藝妓喝到三更半夜。

而且據說武藤上校喝酒的隔壁包廂，有個酒醉睡著的客人。

「那名客人是什麼樣的人？」

佐久間急切地問道，但老闆娘卻很肯定地向他保證，說對方絕不是什麼可疑人物。

「是家小貿易公司的社長，從以前就常到店裡光顧。爲人親切又風趣，還常逗年輕的藝妓笑呢……」

她說到一半，佐久間打斷她的話，進一步問道：

「那名客人有什麼明顯的特徵嗎？」

「特徵？這個嘛……他年約五十，膚色略黑，身材清瘦，不過說到有什麼特徵的話……」

「我舉個例子，他是不是左腳不太方便，拄著枴杖？或是右手總戴著白色皮手套？」

老闆娘搖頭。

——難道是我猜錯了？

他正準備道謝離去時，老闆娘像是突然想到什麼，喚住佐久間：

「對了，經這麼一提才想到，那天晚上，那位客人撿到了武藤上校忘記的東西。是個菸盒，但裡頭是空的，就這麼寄放在我這兒。日後您如果要去參謀總部的話，可否幫我歸還武藤上校？」

老闆娘苦笑著將菸盒交給佐久間，但就在佐久間前往參謀總部的路上，腦中突然浮現一個非比尋常的念頭。

「你的左手是義手吧？」

面對佐久間的詢問，結城中校只是微哼一聲，沒有答話。

佐久間拿著菸盒到參謀總部內的調查室委託他們調查，結果從菸盒表面驗不出指紋。正確來說，上頭除了武藤上校、花菱的老闆娘，以及佐久間的指紋外，再也驗不出其他指紋。

——上面沒有撿到菸盒的那名客人所留下的指紋。

在得知這點時，佐久間腦中的線索全部串在一起。

結城中校過去在外國被當作間諜逮捕時，因嚴刑拷打而失去左手。據說歐洲製造的義手的手指甚至還能動作。如果是握枴杖，或是拿碗端杯子，只要經過訓練，動作可以流暢到不被人發現。只是在酒店的昏暗照明下還能蒙混過去，但目前還找不到在陽光下曝露於眾目睽睽之中，還不會穿幫的義手。

——被人懷疑的間諜還有什麼意義？

結城中校曾經這樣說過，指的是他自己。

失去左手留下明顯特徵的結城中校，已不可能在國外進行眞正的諜報活動，於是他設立D機關，投入可以取代自己的「隱形人」培育工作中。另一方面，他自己則是右手戴著白色皮手套，拄著枴杖，拖著左腳走路，賦予自己特徵極爲明顯的外表。

——就像變魔術。

佐久間相當肯定自己的想法。

人們的目光會被他誇張的動作所吸引。總是拄著枴杖，右手戴著白色皮手套的男人，**一旦少了這些東西**，便很容易被當作是另一個人。結城中校其實可以正常行走，不需要枴杖，而且他右手的白色皮手套下，應該是一隻完好無缺的手。花菱的老闆娘還替他作證，說他是個「親切又風趣的人」。一旦卸下白手套、枴杖、拖著左腳走路的誇張僞裝，再改變他平時刻意裝出的冷峻表情，任誰都不會想到他們是同一個人。

倘若對手是外國的情報機關，倒還另當別論，若是對付門外漢，這樣已綽綽有餘。例如武藤上校。

「武藤那傢伙喝得酩酊大醉，把機密都告訴了藝妓，最後還在走廊上掉東西，我眞沒想到他是這種蠢蛋。武藤回去後，我到走廊一看，那傢伙的菸盒就掉在我面前。當時跟在我身邊的藝妓挽著我的右手。在那種情況下，我如果不用左手撿起，反而顯得不自然。雖然我將菸盒交給老闆娘後就離開了，但我萬萬沒想到，你會去調查指紋……」

黑影發出低聲輕笑。

D機關的創始人一直隱瞞身分，暗中觀察武藤上校。

武藤上校為了掩飾自己犯下的疏失，而想利用D機關。

但事實上，結城中校一直在等待這個機會。

他的目的是……

我們是拿不到足夠預算的窮單位。

結城中校以前曾這樣說過。

不過，被抓住把柄的武藤上校，今後只能應他們的要求，從參謀總部握有的龐大機要費中提撥預算……

「三好很佩服你，你當時是真的打算當場切腹吧？」

結城中校說著，似乎覺得有趣，莞爾一笑。

——沒錯，現在我可明白了。

那是某個晚上，學生在討論天皇制，佐久間加以訓斥時，三好所開的玩笑。那同時也是三好針對微縮膠捲的藏匿處，給佐久間的提示。

「你想不想接受我們的間諜訓練？」

面對結城中校的提議，佐久間不發一語地搖了搖頭。

當時佐久間做好心理準備回頭一看，發現三好嘴邊泛著淺笑，便馬上明白他的意圖。

於是佐久間馬上以**英語**下達指示，命人檢查天皇玉照的背面。

三好應該是眞心地佩服佐久間。

不過，他也只是佩服一半而已。

他並未當場發現，三好等人老早就察覺的後半部分──武藤上校爲了掩飾自己的疏失，而刻意安排這件事。像自己這種人不可能在結城中校底下擔任間諜……

「我始終都是軍人。」

佐久間就像要揮除心中浮現的奇妙妄想般，斬釘截鐵地說道：

「只要有需要，我隨時都有切腹的心理準備。只不過……」

接著，他差點說出連自己都意想不到的話，佐久間驚訝地駐足。

──只不過，我不想當一顆被人用完就丟的棋子……

在複雜的思緒下，他將浮現心中的這句話硬生生吞回肚裡。

這是身爲軍人絕不該有的觀念。不過，一旦在心中萌芽的想法，便絕不可能消失。

佐久間就像被釘在原地般，就此停下腳步，拄著枴杖的結城中校留下他一人，以生硬的動作邁步離去。

佐久間目送結城中校清瘦的背影轉過街角，消失在眼前。

他仰望藍天，彷彿有人正在竊笑。

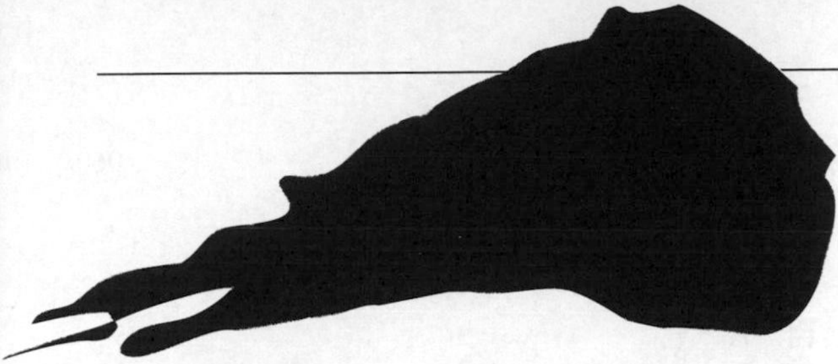

幽靈

1

在此時節，眼前開闊的大海，藍得炫目。

早從明治開港以來，可一眼望盡橫濱港的山手一帶便建造了許多漂亮的洋館。其中有一座外觀為白色牆壁，極為搶眼的建築，是前年由英國技師建造的英國總領事官邸。

蒲生次郎前往英國總領事官邸，正好是一星期前的事。

他是橫濱馬車道的一家老店「寺島西服」的店員。上個星期天送西裝去官邸時，人在官邸的總領事歐內斯特．葛拉漢，正好無事可做，就找他一起下西洋棋。今年六十五歲的葛拉漢認為日本的年輕人光是會下西洋棋就已經是奇蹟了，完全沒想到對方竟能和以棋藝自豪的他下得棋鼓相當。

第一盤，蒲生輕鬆獲勝。

葛拉漢大吃一驚，就此認真起來。

那天下到最後，三勝兩敗兩和，葛拉漢勉強獲勝。從那之後，葛拉漢只要在面對港口的領事館裡完成當天的工作，回到位於山手的領事官邸後，便一定會叫蒲生來和他下棋。

今天是星期天，蒲生一早就被叫去。

此刻，坐在官邸二樓窗邊的兩人中間一樣擺著格子棋盤，上頭擺好了棋子。

「將軍。」

蒲生移動騎士，如此宣告，葛拉漢皺著眉頭，一臉心有不甘。

「嗯，原來有這麼一招……」

他移開叼在口中的雪茄，即使菸灰掉在地毯上也不在乎，朝棋盤凝視了半晌，最後還是只能將手中的棋子拋向棋盤。

「這麼一來，我就十五勝十七敗六和了。」

蒲生莞爾一笑：

「您應該有事要忙，今天就到此爲止……」

「等一下。難得的星期天，就再下一盤吧。」

說著說著，葛拉漢已開始排棋子。這時，總領事夫人珍．葛拉漢走了進來。

「親愛的，可以和你談談嗎？」夫人走向葛拉漢。

她年約四十五歲，與葛拉漢相差將近二十歲。與略顯肥胖的領事相反，她身材苗條，有雙琥珀色的眼珠，氣質出眾。不知爲何，此時她淡褐色的眼瞳浮現不安之色，柔美的柳眉緊蹙。

「妳看也知道，我現在抽不開身。有事待會兒再說吧……」

葛拉漢話說到一半，似乎也發現夫人神色有異，便停下手中的棋子向她問道：

「怎麼了？發生什麼事？」

夫人不發一語地指著窗外。

轉頭望去，一名身穿工人服的男人站在前庭的樹後，像是故意藏身樹後似地，打從剛才就一直往屋裡窺探。

「那個人昨天也曾來到後院。」

夫人悄聲道：

「女僕前去詢問後，對方說『我是橫濱自來水局的人，來檢查有沒有漏水』，但我聽說他根本沒檢查自來水，而是一直試著偷看屋裡的樣子。我覺得有點可怕……」

「我看看。」葛拉漢從椅子上站起，直接望向窗外。夫人從丈夫身後探頭望了一眼，旋即縮著脖子低語：

「啊，那種眼神眞討厭，就像間諜一樣……」

葛拉漢轉頭望向蒲生，「你怎麼看？」

「可能是日本憲兵吧。」

蒲生在棋盤上擺放棋子，同時應道。

「憲兵？你怎麼知道？」

「這是很簡單的推理。」

蒲生抬起頭，望著窗戶說：

「他的臉曬得很黑，但額頭以上的部分卻很白，還有從我這裡都看得出來他頭頂毛髮稀疏。從以上幾點可推測出他因爲工作的緣故，得常在外頭行走，而且平時都戴著帽子。那麼爲什麼他現在沒戴帽子？一定是因爲他只要戴上帽子，任誰一看都知道他的職業是什麼。總是戴著特徵如此明顯的帽子，而且不想讓人知道的職業，想來想去，就只有憲兵了。」

隔了一會兒，葛拉漢晃動他那渾圓的肥肚，噗哧笑出聲來。

「哈哈哈，我猜也是這樣。」

葛拉漢向夫人眨著眼說道：

「很驚訝吧。這位青年這麼年輕**而且還是日本人**，但他不僅英語說得好，又很聰明伶俐。否則我下棋怎麼可能會輸他呢。」

語畢，他輕拍了幾下夫人的手臂，再次坐回椅子上，與蒲生迎面而對。

「既然明白眞相了，那我們再下一盤吧。」

葛拉漢擺著棋子，一面搖頭低語，「眞傷腦筋，那樣也算是間諜啊。」但接著他猛然抬頭，像突然想到什麼似的。

「對了，我大英帝國有一句俗諺說『間諜是件卑鄙的工作，只有紳士才能從事。』舉例來說，那位貝登堡男爵，昔日在南非爆發波耳戰爭時，曾經喬裝成昆蟲學家，隻身潛入敵區，目的當然是當間諜。男爵爲了順利進行間諜工作，不僅事先學會如何使用捕蟲網，還在事前備好畫有蝴蝶的素描本。換句話說，只要將敵區的詳細情形寫在蝴蝶翅膀的圖案中，萬一接受調查，也不會讓人起疑。貝登堡男爵還爲了防範被敵人逮捕，而特地做了一項驚人的準備，他竟然事先將身上穿的襯衫浸泡在白蘭地裡。多虧這招，在他眞的被敵人逮捕時，對方心想，像這種渾身酒臭的人應該不會是間諜，只是一般的醉鬼，當場就釋放了他。還有，男爵他啊……」

葛拉漢說到一半，才猛然發現自己話多的老毛病又犯了。

「總而言之，」他聳了聳肩，「所謂的間諜，可是『紳士的工作』。那名現在站在前院，一臉蠢樣的男人，根本沒有當間諜的資格。沒必要理他。」

「可是親愛的……」夫人直直地盯著葛拉漢，「話雖如此，之前大戰時，那個有名的德軍間諜『瑪塔．哈里（註）』她就不是紳士啊。」

「咦？瑪塔．哈里？經妳這麼一說也對……不過，因爲她是女人嘛……」

葛拉漢結巴了起來，接著夫人望向蒲生。

「Mr.蒲生，因爲是您，我才敢直說，日本現在一路往不好的方向走。特別是日軍最近在中國大陸的行徑，實在太囂張跋扈。再這樣下去，日本將會被全世界孤立。還是說，日本眞的打算與全世界爲敵？現在甚至還派間諜來這裡向我們示威，眞是太不知廉恥了……」

「No, Jane！No！別再說了。」

葛拉漢罕見地厲聲斥責夫人：

「Mr. 蒲生是寺島西服的店員，與日本政府和軍方無關。他只是來當我的下棋對手而已，妳別拿他出氣。」

「啊……說得也是。眞對不起，Mr. 蒲生，我眞不知道自己是怎麼了。」

「沒關係的，您別放在心上。」

「一定是因爲不習慣日本的氣候，才會有點神經緊張。妳去休息一會兒好了。」

葛拉漢站起身，摟著夫人的肩膀說道：

「至於站在庭院的那傢伙，吩咐下人趕走他就行了。要是他們再這麼緊纏著不放，我就向日本政府提出嚴重抗議……」

葛拉漢送夫人走到門外，返回後，坐向原本的椅子，搖了搖頭。

「唉，我老婆也眞教人頭疼。不好意思啊。……那我們繼續下吧。這次換我先了吧？」

葛拉漢隨手伸向棋盤，將步兵移至自己的王前方。蒲生則用正面的步兵加以抵擋。葛拉漢還是老樣子，用雙王前兵開局，是他最拿手的開局方式。接下來大概會展開蘇格蘭陣式（Scotch Game）。

註：Mata Hari，二十世紀初的知名交際花，在第一次世界大戰期間，與歐洲多國軍政要人、社會名流都有關聯，最終以德國間諜罪名被法軍槍斃。

「哼，間諜？傻瓜，間諜是紳士的工作。間諜的工作總是伴隨著冒險與浪漫……像那種髒兮兮的傢伙，怎麼可能會是間諜。」

葛拉漢一面下棋，一面還意猶未盡地喃喃自語。

蒲生的目光落向棋盤，他假裝思考著下一步棋，同時在不讓對方發現的情況下竊笑。

——要是葛拉漢知道此刻他眼前的人才是**真正的間諜**，不知會作何表情？

蒲生壓抑想知道答案的衝動，以手中的城堡吃掉對手的主教。

2

兩個小時後。

離開英國總領事官邸的蒲生，徒步走向港口附近的公園。

他在入口處停步，若無其事地左顧右盼。

公園中央，有一座巨大的圓形噴水池。它理應會定期噴水，但今天卻沒有。

強烈的西曬陽光灑向公園，十幾名手持木棒的小孩，高聲喧嘩，四處亂跑。每個人全都頂著光頭，皮膚黝黑，幾乎快要分不出是正面還是背面，穿著長長的運動服和短褲。數名像是這群孩子母親的婦女，正站在角落的樹蔭底下聊天。有一名像是散步路過的老人將枴杖擺在噴水池旁的長椅一旁，坐著休息。

蒲生慢步走向噴水池，朝那張背對背擺放的長椅坐下，正好坐在老人背後。

似乎是時間到了，噴水裝置啓動，池子開始噴水。到處亂跑的孩子，叫得更大聲了。

隔了一會兒，背後傳來一個冰冷的聲音。

——開始報告。

蒲生望向前方，臉上微微露出苦笑。

那是幾乎沒開口，只有對方才聽得見的特殊發聲法。背後這名老人發出的聲音，完全控制住方向。就算周圍跑來跑去的孩子碰巧在附近停步，應該也不會發現眼前這名老人正在說話。

不過，老人還是刻意等到噴水裝置啓動後才開口。

話說回來，坐在公園長椅上的這名老態龍鍾的老人是**結城中校喬裝**一事，就連他的聯絡對象蒲生也沒能一眼看穿。

小心翼翼。

行事謹慎。

這是結城中校在「D機關」裡對蒲生的教導。

D機關——

是結城中校提議，在帝國陸軍內設立的間諜培育學校。

結城中校力排陸軍內部的強烈反彈聲浪，獨力創設了D機關。

蒲生是D機關值得特別紀念的第一期學生。

「就我個人看來，他是無辜的。」

蒲生面向前方，和對方一樣，用控制方向的低沉聲音說道。

「蒲生次郎」是這次執行任務時所用的假名。

D機關的學生通常以假名和僞造的經歷掌握彼此的狀況，隨著任務的不同，會再換上更適合的面具。

「我不認爲那位老先生和事件有關。」

「……理由是？」

「您也知道，西洋棋是很單純的遊戲，玩家的個性會反映在遊戲中。」

蒲生迅速地逐一列舉自己透過和葛拉漢下棋的過程，所看出的對方個性。

單純，但又喜愛玩弄策略。

迷信。

不敢違抗傳統和權威。

保守。重門面。

喜歡各種雜學知識。

「從這些特徵來推測，關於他此次的嫌疑，以及向周遭眾人隱瞞此事的可能性……」

「……不到百分之五，是吧？」

結城中校自己講出可能性，然後沉默了半晌。

蒲生當然也理解他沉默的背後含意。

百分之五。

這樣就不行了。

——只要可能性不是零，就不要認為對方無辜。

這也是蒲生在D機關裡學到的間諜原則。

對隱瞞身分，隻身潛入敵國的間諜來說，只要讓周遭產生百分之一的懷疑，就會丟了性命。

反過來說，此次蒲生的任務也一樣，只要還留有百分之五的可能性，就不是事後說一句「弄錯了」可以了事。

事件的開端要回溯到一個月前。

橫濱的憲兵隊在深夜巡邏時，扣押一名一看到他們便急忙逃跑的中國人。

既然對方看到他們就逃跑，那麼背後一定有什麼隱情。

憲兵對他展開嚴厲審問，發現了一項驚人的陰謀。

男人是進行抗日恐怖活動的祕密組織成員，坦承他們將會在即將到來的皇紀（註）兩千六百年的紀念典禮上，以炸彈暗殺重要人物。

憲兵隊高層接獲報告後，嚇得面如死灰。

皇族也預定出席這場祭典。倘若眞有什麼炸彈騷動，負責警備工作的人可不是「引咎辭職」就能了事。

——無論如何，都要查明計畫的全貌。

在上級近乎歇斯底里的壓力下，調查現場瀰漫著一股殺氣。

結果反而造成反效果。

爲了讓嫌犯招供，拷問的手段比平時更加殘酷，嫌犯被刑求致死。

負責調查的人幾乎沒問出任何關於計畫的具體內容。

只知道祕密組織聯絡用的幾處通訊地點。

有外國公司的混居大樓、海關、通訊社、銀行、餐廳、咖啡廳。

設置在這些地點的組織會發出「指示書」，男人就是根據它行動。

憲兵隊馬上在各個通訊處派人監視。同時封閉建築的所有出入口，連日展開徹底的內部調查，結果發現兩份像是指示書的暗號便條。

——這指示書到底是誰放的？

他們逐一訊問可疑人物，但始終一無所獲。

憲兵隊內部愈來愈焦急，就在這時，一名年輕憲兵在清查出入各監視地點的眾多名單時，意外發現一件事。

開始監視的十天內，有人出現在每一處場所。

那就是派駐橫濱的英國總領事歐內斯特．葛拉漢。

只有他的名字同時出現在每一份名單上。

查出嫌疑犯令憲兵隊雀躍不已，他們馬上徵求外務省的同意，要偵訊葛拉漢。然而——

得知這個情報的陸軍參謀總部，卻臨時喊停。

倘若日本憲兵沒有掌握確切證據，便偵訊英國總領事……甚至這只是一場誤會的話，對原本就已略爲緊張的英日關係，不知會造成何種影響。這和今後軍方的作戰方針也息息相關。

陸軍參謀總部一方面壓制憲兵隊的行動，一方面暗中請D機關展開調查……

「『確認英國總領事歐內斯特．葛拉漢是否與此次的炸彈恐怖計畫有關』這是委託內容。」

結城中校遞出一份寫有憲兵隊調查內容的文件，冷冷地說道：

「不過，要在**兩週內**查清楚。參謀總部的人說『由於情況特殊，我們無法再繼續壓制

註：以神武天皇即位（相當於西元前六六〇年）作爲元年的紀元方式。

憲兵隊。』……辦得到嗎？」

「不是已決定要執行了嗎？」

他接過文件，迅速看過一遍後聳了聳肩。

在他被找來時，結城中校就已判斷有可能完成這項任務。

——辦得到嗎？

這個問題不過是早已明白答案爲何的修辭疑問句罷了。

他看完文件歸還後，結城中校黯淡無光的雙眼動也不動，接著問了一句：

「你打算怎麼做？」

「既然時間有限，就不能像一般的臥底任務，小心翼翼地展開攻勢，得直接大膽地深入虎穴。」

結城中校似乎早已料到他會這樣回答，不發一語地從抽屜裡取出厚厚一疊文件，接著從桌上滑向他。

「蒲生次郎」

文件封面寫著這個名字。

「他是常在英國總領事官邸出入的一家西裝店店員。這次沒多少時間，你要在三天之內完全複製起來。」

「兩天就夠了。」

他抬起頭，微微一笑。

所謂複製，意指間諜完美地模仿某人的外貌，乃至於其經歷、人際關係、動作、口頭禪、嗜好、對食物的好惡等所有資訊。

根據結城中校交付的文件所述，眞正的蒲生次郎似乎早在數年前便已是寺島西服的店員，而且就住在店內。

他花了兩天複製蒲生，和後者調換身分。

眞正的蒲生在他的行動期間，受到陸軍的嚴密保護，待在一處不會被人發現的場所。知道內情的人就只有雇用蒲生的寺島西服老闆。由於此事涉及軍方的機密作戰計畫，老闆被下了封口令。但就連知道內情的老闆，也常分不清眼前的人是否爲正牌的蒲生次郎，足見他模仿得有多徹底。

蒲生以寺島西服的店員身分送西裝到橫濱英國總領事官邸時，正好總領事歐內斯特・葛拉漢邀他一起下西洋棋。

這一切看似因緣巧合，但事實上，葛拉漢是個「棋迷」，而且他的下棋對手最近剛返回英國，所以這段時間領事在官邸裡閒得發慌等狀況，在事前都已調查得一清二楚。在這種情況下送西裝來的蒲生，便若無其事地透漏自己也很愛下西洋棋。

葛拉漢邀蒲生下棋，並非偶然，這是蒲生刻意安排的結果。

蒲生贏了第一局後，便故意放水輸棋。

結果一如預期，葛拉漢連日邀蒲生到官邸陪他下棋。

葛拉漢可能認為「是我主動邀蒲生下棋」，之後也認為「是我硬要他陪我」。控制對手想法，讓對手以為是自己採取的行動的作法一般被稱為魔術師的選擇，是相當常見的手法。對掌握眾多資訊的人（例如優秀的間諜）來說，並非難事。

這一個星期以來，蒲生連日充當葛拉漢下棋的對手，同時冷靜分析他的個性。

「他**應該是無辜的**。」

這是蒲生最後的個人心證。

但根據之後憲兵隊的調查，他們在監視地點發現的書信，是以英國總領事館專用的特殊信紙所寫成。

以情況證據來看，葛拉漢反而**涉嫌重大**。

「無辜」與「涉嫌」。

無辜的白與涉嫌的黑，這正反兩種可能性不管再怎麼相加，結果都是灰色。軍方該如何處置英國總領事葛拉漢，此事勢必爭論不出個結果。

既然蒲生被賦予的任務就是確認葛拉漢有無嫌疑，那麼，再這樣耗下去，只能視為任務失敗了。

離最後期限還有五天。

不，考量到憲兵已開始出現在目標物身邊，那意謂時間所剩不多了。陸軍參謀總部還能壓制橫濱憲兵隊的時間，頂多只剩三天。結城中校應該也已察覺到這件事了。

——怎麼辦？

蒲生自問。

眼下只有一個辦法可想。

——只好碰碰運氣了……

這時，他突然感覺結城中校從他背後起身。

他轉頭望了一眼，發現噴水已經結束，而原本在周圍來回奔跑的孩子正逐漸往結城中校坐的長椅聚集。

結城中校認爲不該再繼續冒險談下去。

拄著枴杖的老人以蹣跚的步伐繞過樹木，從蒲生坐的長椅前走過，朝公園出口而去。從蒲生面前通過時，老人停頓了片刻。他換了隻手拿枴杖，接著傳來他的低語聲。

——不管怎樣的調查，都不可能面面俱到。別忘了這點。

結城中校留下這句話後，慢步走出公園。

3

間諜的日常生活中，既沒冒險，更沒浪漫。

蒲生進入D機關後，便馬上被灌輸這個觀念，聽到他都快不耐煩了。

例如在葛拉漢夫婦對話中提到的那名女間諜「瑪塔．哈里」。

在第一次世界大戰中，她以天生的美貌和近乎全裸的豔舞為武器，迷惑法國外交部、軍方、各國大使館的要員，從他們那裡取得機密情報，再偷偷傳給德軍。

「瑪塔．哈里」這名美豔女間諜的名聲大噪，甚至傳進了日本。

事實上，她傳給德軍的只是些三流情報，與新聞報導相差無幾。

早從開戰前，「瑪塔．哈里」就已豔名遠播。就算在床上，那些政府和軍方的高官也不可能向她洩露機密情報。從事國家機密相關工作的人，在接掌職務時便已受過警告，要提防「性間諜」。話說回來，光是這麼點程度的誘惑就屈從的人，根本沒資格被託付國家的重責大任。

不同於一般人所以為的帥氣、華麗，間諜的本質反而是「看不見的低調」。

隱瞞身分，隻身潛進敵國的間諜，絕不會讓周遭人知道自己的身分。

間諜行為的本意是在敵方找出可以利用的人，暗中接近那個人，透過收買或脅迫等手段，讓對方成為「內應」。歸納從內應取得的片段情報，判斷其具有何含意，有多大價值。而且還要使用不會被敵人發現的方法，偷偷將情報送回國內，絕不能讓人知道自己正是間諜。

諜報活動的成果會是外交角力的王牌，或是表現在軍事作戰的優勢中，這時敵人才知道自己的機密情報早已在不知不覺中洩露。

——有人在黑暗中行動，但無人知曉他的身分。

就這層意涵來說，眞正的間諜近乎幽靈，

或者是灰色的小人物。

總之，「不顯眼」是間諜的必備條件。

蒲生回到「寺島西服」，走進自己的房間後，回想起白天的事，皺起了眉頭。

白天那名令總領事夫人畏怯的男人，身穿工人服進行監視。前天還佯裝成橫濱自來水局的人，刻意到後院拜訪。

——門外漢就是這樣，只會給人添麻煩。

蒲生不禁暗罵了幾句。

那種不入流的假扮方式，連夫人也一眼看穿，這樣只會讓目標物起疑，使得情況更加混亂。只學會一招半式就想闖江湖，會害自己送命。如果眞要監視，與其用這種三流的喬裝，不如光明正大地亮出憲兵隊的身分，還比較有效果。

最近有部分憲兵隊隊員對間諜活動很感興趣。

看來這項傳聞不假。不過，他們或許是以「瑪塔・哈里」路線的間諜爲目標，與眞正的諜報活動完全扯不上關係。

蒲生再次暗罵一聲，決定回到原本的工作。

原本的間諜工作。

蒲生在在這次的任務中，直接出現在目標物眼前，展開調查。不過這是因爲時間有限，才不得已採用的特殊手段。大部分情況下，間諜都不會直接在目標物或內應面前露臉。

這次也是，一面陪對方下棋，觀察對方形成心證，只是任務的一小部分，他花了更多時間在看不見的地方。

其中一項就是調查目標物的經歷。

每個人的行爲都不是突如其來的，過去累積的經驗造就了個性，進而驅使人們展開行動。因此，間諜在執行任務時，得先徹底查明目標物的過去。

此次也一樣，倘若葛拉漢若和這起陰謀有關，他過去的經歷很可能會出現某些徵兆。蒲生使用各種手段，徹底調查葛拉漢的經歷。

歐內斯特．葛拉漢。

出生於英格蘭中部一戶貧苦人家，年輕時遠赴印度，就此致富。他現在英國總領事的地位，以及出身名門的夫人，都是運用他在印度賺取的龐大資產所取得，也就是所謂的「買官」。

如今他一派紳士模樣，但在印度時，卻是什麼黑心生意都敢做。

——看起來豪爽磊落，其實是個狡猾的老狐狸。

有幾名認識葛拉漢的英國人，語帶輕蔑地提供這樣的證詞，而自從蒲生開始陪他下棋後，也馬上理解了他們話中的含意。

兩人在下棋途中，葛拉漢經常會被夫人叫開，或是離席如廁。這時，葛拉漢絕不會讓蒲生獨自留在房內。他離席時，一定會若無其事地叫傭人來，在他回來前監視蒲生的一舉一動。

葛拉漢雖然找蒲生來下棋，但還是暗中調查過他的身分。蒲生在英國總領事官邸下棋時，徵信社的人曾前去打聽他的底細。這是蒲生事後從監視「寺島西服」的D機關同伴聽說的，不過這早在他的預料之中。葛拉漢在得知蒲生早已在店內工作多年，應該會安心許多。

葛拉漢乍看像是位慈祥的老爺爺、也像是個大好人，但其實擁有令人意外的雙面性格。

英國的身分制度遠比表面看來還要嚴苛，如果葛拉漢沒這麼狡猾，絕不可能爬到今天的位置。

——若真要說他有什麼弱點……應該是夫人吧？

整理腦中情報的蒲生，暫時中斷原先的思緒，瞇起眼睛，回想夫人的模樣。

葛拉漢夫人有著琥珀色的眼瞳、一頭金色秀髮總是梳理得整整齊齊的，也許是未曾生育的緣故，看起來遠比實際年齡還要年輕。葛拉漢相當疼惜這位出身名門，氣質出眾的美麗妻子，此事毋庸置疑。

而夫人顯然對日軍目前在中國大陸的行徑深惡痛絕。

歸納以上幾點，要在短短兩週裡，完全否定葛拉漢有任何嫌疑，絕非易事。反之，要從葛拉漢的經歷中，找出和**這項陰謀有關的關鍵證據**，同樣也很困難。

他的嫌疑依舊處於灰色地帶……

老實說，蒲生並不討厭葛拉漢。

由於貧窮，葛拉漢未能接受良好教育，但後來他白手起家，並以財富娶得名門出身的夫人，最後甚至坐上英國總領事的位子。他那慈祥老爺爺的外表背後，有一張狡猾的臉孔，蒲生對葛拉漢這種生存方式感到既有趣，又興奮。不過……

對間諜來說，個人好惡情感與任務**是兩回事**。

偽裝身分潛入國外的間諜必須花上數年或更長的時間，獨自留在陌生的土地上執行任務。有時還得和當地的女人結婚、生子。為了瞞過周遭人的耳目，這麼做是很自然的。

一旦完成任務，間諜會不告而別。

如果家人發現了自己的祕密，就算是妻子和孩子也非殺不可（當然必須佯裝成事故或自殺）。

這次蒲生的任務是確認葛拉漢有無嫌疑。

爲此，他不惜動用任何手段。

打從任務一開始，蒲生便一直跟蹤葛拉漢。

從一早葛拉漢離開官邸，搭車前往領事館開始，接下來整天造訪各地洽公，一直到傍晚返回官邸，幾乎沒有一刻離開過蒲生的視線。

間諜以外的人要察覺D機關成員尾隨在自己身後的可能性微乎其微，但蒲生爲了謹愼起見，跟蹤時會分別採用幾種不同的喬裝。

連日來，葛拉漢一回到官邸，便打電話到「寺島西服」邀蒲生陪他下棋。

蒲生確認過此事後，便若無其事地接受他的邀約，前往官邸。

在先前的跟蹤調查過程中，蒲生查明了他很感興趣的幾件事情。

暴發戶共通的特徵就是隱瞞自己的過去，徹底僞裝成保守主義者，葛拉漢也不例外。他絕不會忘記英國紳士該有的裝扮，帽子、上過漿的白襯衫、人字斜紋花樣或是藏青色的三件式西裝、在口袋裡放條手帕。外出時，手臂上一定會掛著一支用來代替柺杖的雨傘。

遠離英國，來到這習俗和氣候都大不相同的日本，穿上這一身服裝的葛拉漢，就像一幅英國紳士的諷刺畫，甚至略顯滑稽。葛拉漢常是這身打扮外出，而他的去處……

有英國公司的辦公室、銀行、海關、通訊社、咖啡廳……

與那名男人死前供出的恐怖組織通訊處，有多處重疊。

而他外出的頻率，若以一般總領事的工作來看，確實也太多了點。

此外，葛拉漢在日本仍堅持給小費的習慣也是件麻煩事。開門、拿行李、服侍。

每次只要一受人服務，葛拉漢就會給對方小費。

這時候他只是給對方小費，還是連帶給了其他東西（例如書信）？在後頭跟蹤的蒲生無法馬上確認。他甚至懷疑這種給小費的習慣，該不會是英國間諜為了可以很自然地交換情報所想出的生活習慣吧，因而對此忿忿不平。

從葛拉漢的行動狀況可以判斷，他在日本有某個祕密任務。

這樣就能對他可疑的行動提出合理解釋。

然而，派駐外國的領事或大使其實就是兩國間彼此認可的「公認間諜」，並不是什麼好大驚小怪的事。

問題在於他們所處理的情報內容。

只要不是會給日本帶來嚴重傷害的情報，就不該嚴格限制他們的活動，因為從某個角度來看，大家彼此彼此。

但倘若他與那起打算利用炸彈暗殺政府要員的恐怖事件有所牽連，就另當別論了。在現階段，英國以政府立場發動針對日本政府要人的炸彈恐怖事件的可能性很低。另一方面，萬一眞的發生炸彈恐怖事件，並確認與英國總領事有關，日英兩國便會就此斷交，或是發生戰爭。

無論都得避免因爲一些無謂的組織活動，導致兩國發生戰爭的狀況。

——既然有嫌疑，就該抓起來加以調查。

蒲生倒也不是不能理解憲兵隊那班人的主張。

但如果葛拉漢確實是冤枉的，以涉及炸彈恐怖事件的罪名審問他，恐怕會對已經略爲緊張的日英關係造成致命傷。

展開爲期一週的調查後，葛拉漢的嫌疑依舊模糊不明。

——要繼續用這種方式調查嗎？還是要想別的辦法？

蒲生躺在榻榻米上，雙手盤在腦後，望著天花板。

他也曾想過要設下陷阱，等葛拉漢自投羅網；但如果他眞是無辜的，只會讓那名看不見的敵人看出我方行動。

——而且已經沒時間了。

蒲生眉頭緊蹙。

看目前的情況，陸軍參謀總部已無法再壓制憲兵隊。後者已經開始蠢蠢欲動，在事情演變到無法處理前，一定得想辦法解決才行。

——果然我還是得親自確認才行……

這是他當時所能想到的最佳辦法。

4

書房的門鎖無聲地開啓。

蒲生從微開的門縫鑽進書房內，悄聲歛息，觀察周遭的動靜。

眼下爲深夜兩點。

英國總領事官邸內，只微微傳來像是葛拉漢的鼾聲。

所有人都在睡夢中。

不，這時候可能只有管家張大明仍睜大眼睛躺在自己床上，努力豎耳細聽官邸內的聲音。

不過就算是他，能否發現蒲生已悄然潛入，也很難說；但就算他發現，也沒必要刻意起身，妨礙蒲生。

張大明是蒲生針對此次任務所吸收的「內應」。

在對方組織內找出「內應」，對間諜的任務來說是不可或缺的工作。

而自覺是間諜目標的組織，當然也會採取各種防範措施。

像是英國總領事官邸便一概不僱用日本人，官邸內的傭人全都是中國人。官邸絕對不會僱用有日本友人，或是對日本抱有認同感的人。只要有日本人跟他們說話，他們馬上就會露出厭惡的表情。

乍看之下，根本不可能找得到人當內應。

但蒲生在開始執行任務後，才短短五天，就「收伏」了管家張大明。

既然是人，就會有弱點。

金錢、女人、對父母兄弟和親人的愛恨之情、酒、奢侈品、特別的嗜好、癖好、過去所犯的過錯、對肉體的自卑情結……

什麼都好。只要是人就一定找得出一、兩樣不想讓人知道的事，或是不想被知道這件事的對象。再怎麼微不足道的小事也好，重要的是當事人怎麼看待這件事情。

以張大明的情況來說，他的弱點就是賭。

他沒讓雇主知道，其實以前他在香港時，曾沉迷賭博，欠下爲數不少的債務。

查出此事的蒲生，佯裝成剛來日本不久的中國人，接近張大明，邀他到一家極隱密的地下賭場。來到日本後，張大明以爲自己已完全戒賭，但現在他又開始手癢了。這個賭場的賭資很小，他當時肯定是認爲，如果只是小賭，應該沒關係。

一開始賭小錢時，他贏了賭局，便解除了戒心。

張大明已被自己無法控制的欲望吞噬，固定到賭場報到。

第一天贏錢，第二天也是。

但到了第三天，在一場提高賭率的賭局中，他輸得一敗塗地，下一場也是，再下一場仍是同樣的結果。之前連贏的好運就像根本不存在似的，他輸個不停。

待他回過神來，已欠了一屁股債，怎樣也還不了。

張大明呆立原地，這時，有人在他耳邊低語。

——如果還不出來的話，你想死嗎？

他臉色發白，猛搖頭。

——你幫我想想辦法。

張大明向蒲生哭求。蒲生假裝沉思片刻，一副無可奈何地嘆了口氣，從口袋裡取出一個裝有液體的小瓶子。

「聽說你工作的英國總領事官邸，每天都有人會輪流站崗守夜，對吧？只要我下了命令，你就讓當天的守衛喝下這個藥水。它無味無臭，只要放進飲料中，絕對沒人會發現。」

「可是……」

「不必擔心，它只是一般的安眠藥。我只是要錢罷了。如果沒人聲張，就不會有人受傷。」

蒲生見張大明仍猶豫不決，拍了拍他的肩膀，微微一笑。

「話說回來，那些還不都是英國人在中國賣鴉片賺來的錢。我們拿來花一花，又有什麼不對？」

……他始終都讓張大明以爲他只是進官邸偷錢的小偷。

倘若他知道這是在幫日本間諜的忙，向來痛恨日本人的他，一定抵死不從。當然了，他也從沒發現，連日來一直都陪葛拉漢下棋的那名日本西裝店的店員，與帶他上賭場的那名中國人是同一個人。

「吸收」的基本原則，就是糖果和鞭子。

握有對方的弱點，接著作爲交換條件，要求他做一件**微不足道的小事**。要自己動手偷，那辦不到，但如果是告訴對方什麼時候可以進屋行竊，倒是無妨。要在食物裡下毒，也辦不到，但如果只是加入安眠藥，倒是可以接受。沒辦法自已動手殺人，但如果只是在一旁見死不救，倒是無所謂……

重點就在壓力與報酬的平衡。

人可以怎樣昧著良心，若無其事地做虧心事的程度因人而異。

關鍵在於看穿對方的心思。

這沒什麼基本法則可以依循。間諜的任務中，最重要的就是隨時因應對象和狀況，臨機應變。

這次也一樣，蒲生爲了**讓對方放心**，一直糾纏不休地追問擺放現金的地點和金額。

另一方面，除了要求對方在守衛的飲料中下藥外，沒再提任何要求。

——現金放在書房的保險箱裡。就算守衛睡著，要進入書房，還需要一把葛拉漢隨身攜帶的鑰匙。保險箱也打造得很堅固，應該偷不到錢。

張大明可以這樣說服自己。

——我這樣不算共犯。

蒲生很清楚，張大明一定會努力這樣安慰自己。

只要給對方一個可以強迫自己接受的理由，就一定能指使對方辦事。

蒲生剛才已確認過守衛正睡得不醒人事。

和原先說好的一樣，張大明已在守衛的飲料中下藥。

到了明天早上，張大明得知沒有現金失竊後，也許會覺得奇怪。

蒲生帶他去的那座地下賭場，是臨時設立的假賭場，就連賭局也是詐賭。

這次由於時間緊迫，所以陷阱設得有點牽強。一旦張大明的賭博狂熱冷卻，便可能會起疑。但既然他已親手讓守衛喝下安眠藥，就算感到狐疑，應該也不敢主動說出此事。

隔了一會兒，蒲生才慢慢採取行動。

關上門，書房內完全被黑暗吞沒。就算沒有光，他還是不擔心會影響行動。

他早已將書房內的擺設完全記在腦中。

沙發、櫃子、架子、擺在架子上的物品、書桌、相框、時鐘、檯燈……它們各自的位置與距離，甚至是地毯的厚度變化，蒲生都能在腦中清楚描繪出來。

他小心翼翼移動腳步，避免踢倒門邊的傘架。

蒲生微微伸長手指，摸到一種堅硬的金屬觸感。

是保險箱。

腦中立刻浮現已在白天事先確認過的保險箱形狀。

長寬各一公尺，縱深八十公分。

這是厚實又耐火的英國製保險箱，是知名的「CHUBB保險箱」。鋼鐵製的保險箱正面印有英國皇室的紋章，門的鋼板厚達五公分。若想以正規鑰匙以外的東西打開槓桿制栓鎖，就會啓動檢測裝置，使門閂卡住不動。一旦檢測裝置啓動，就算以正規鑰匙也無法馬上打開，所以保險箱主人便能知道有人曾經嘗試打開保險箱，是很縝密的設計。槓桿制栓共有八個，不是一般小偷能夠應付的鎖。

蒲生聽管家張大明說，一到晚上，官邸內的現金便會收在這個保險箱內。領事館與英國通訊所用的暗號表，應該也在裡頭。

蒲生頓時有股挑戰保險箱的衝動。

但這次任務的目的不是暗號表。

蒲生不捨地摸了保險箱表面一把，繼續前進。他轉向右邊，從房間角落當起點，準確地走出三步。右手舉至臉的高度。

爲了不留下指紋，他戴上薄手套，此時他的手指碰觸到畫框。
那是一幅約十五號（註）大小的油畫，上頭畫著數匹低頭啃草的馬。
蒲生小心謹愼地從牆上取下那幅畫，擺在地上。
他在牆上摸索，指尖感覺到有一處微微隆起。
黑暗中，蒲生不禁嘴角輕揚。
——到目前爲止，都和我想的一樣。

5

以狀況來說，他有嫌疑。
以心證來說，他是無辜。
既然無法憑這兩點來判斷，只好想辦法拿到可當第三項證據的**物證**了。
以炸彈暗殺政府要員的大規模陰謀，不太可能由葛拉漢單獨計畫和執行，理應與某個組織有關。倘若葛拉漢眞與這項陰謀有關，一定可以找到足以證明他和組織有關的證據。
像組織提供的指示書或是通訊記錄。
以葛拉漢的立場，他不會希望被人發現這些證據。不過，偏偏這些東西又不是那麼好處理。這麼一來，葛拉漢到底會將這些不想讓人發現的東西藏在哪裡？

他白天工作的領事館，有太多不特定人士出入，就算東西收在保險箱，也不見得只有葛拉漢本人會打開保險箱。

不可能在領事館。

那會是他當成自宅的官邸嗎？

官邸的書房裡，擺著一個只有葛拉漢才打得開的厚重保險箱，好像在炫耀什麼似的。但保險箱每天都有現金拿進拿出，難保不會被人看見不該看見的東西。

很難想像「看起來豪爽磊落，但其實是個狡猾的老狐狸」的葛拉漢會冒這種險。

還有另一個可能性，就是有個隱藏起來的保險箱。

但總領事官邸的設計圖在英國，可能沒有複本，不然就是被當作高度機密資料慎重保管，不可能輕易到手。

於是蒲生一面陪葛拉漢下棋，一面在日常對話中加入關鍵字，確認他每個反應。祕密。隱瞞。隱藏。不想讓人發現。機密。穿幫。極機密。曝光。資料。不公開。洩露。保密……

儘管專注於棋盤中，但葛拉漢仍會露出細微的眼神動作和無意識的反應，蒲生在一旁冷靜觀察。從葛拉漢的反應中，他確定有「祕密保險箱」的存在。蒲生慢慢縮小範圍，最

註：約65.2cm×50cm。

後確認是在「書房」的「駿馬油畫」的「後方」。

此刻他手指碰觸到的轉盤鎖，告訴他祕密保險箱就在牆壁裡。

——是一般的轉盤鎖，不像CHUBB保險箱那麼難纏。

蒲生如此判斷後，一時略感失望，但旋即著手開鎖。

打從走進書房後，他一直沒開燈。他憑著手指傳來的細微震動，找出正確的數字組合，因此光線反而只是阻礙。

——鎖和女人一樣，如果溫柔對待，最後一定會爲情人打開。

之前被請來當講師的一名矮小男人，站在D機關的學生面前如此說道，臉上泛著猥褻的笑容。

這名個頭矮小的老人，姓岸谷，是從東京監獄帶來的小偷，專長是開鎖。

「我們從行竊到離開的平均時間是五分鐘。潛入一分鐘，找現金三分鐘，逃走一分鐘，大致就是這樣。」

老人說完後，拿出一根鐵絲，只花三十秒的時間，就打開一把附在一般家庭玄關大門上的門鎖。

D機關的學生只看一次，便馬上學會這項技術，岸谷看得口瞪口呆，頻頻眨眼。接著他馬上認眞起來，著手破解D機關所準備的各種保險箱鎖。

英國製的CHUBB保險箱、美國MOSLER公司製的保險箱、法國費雪保險箱、德國的貝茲保險箱……

岸谷老先生自誇是「日本第一的開鎖高手」，不用鑰匙地逐一打開了這些保險箱（不過花了不少工夫）。

他拭去前額的汗珠，一臉自豪地說明開鎖方法，但他隨即驚訝地睜大雙眼。因爲他窮畢生之力才學會的開鎖技術，D機關的學生竟然只花短短數天就學會。

數天後，他已貢獻出自己畢生絕學，再也沒什麼可教，便被帶回監獄。

岸谷老人再度被銬上手銬帶走時，突然轉頭望著某個學生，將對方叫來面前地悄聲說道：

「小子。等我出獄後，要不要和我一起搭檔？」

其實蒲生在第一天就已弄到書房的鑰匙。

先前蒲生送作好的西裝到官邸來時，以想確認褲腳長度爲藉口，請葛拉漢試穿。當時他趁葛拉漢不注意，從後者的長褲口袋裡取出鑰匙，以蜂蠟取得鑄型，再根據鑄型作了備份鑰匙。

當然了，蒲生擁有連岸谷老先生都賞識的高超技術，就算沒刻意備份書房鑰匙，也能靠一根鐵絲，在短短二十秒內開鎖。不過用鐵絲開鎖，不管再怎麼小心，還是會留下痕跡。

間諜跟小偷不一樣，不能讓對方知道東西失竊。如果已取得不會留下痕跡的備份鑰匙，就該盡可能使用鑰匙。

在黑暗中，蒲生需要五分鐘的時間來開啓保險箱的鎖。

他謹愼確認沒有其他機關後，這才緩緩打開保險箱的門。

他將筆燈伸進保險箱內，圍住筆燈四周，不讓光線外洩，這才打開電源。

在狹小的隱藏保險箱內有幾本筆記。

蒲生取出筆記，迅速看過內容。

那不是暗號，而是以一般的英語寫成的內容。字體是有強烈個人風格的筆記體，是葛拉漢的字跡沒錯。內容是……

蒲生不禁露出苦笑。

這些筆記是葛拉漢在他在印度時便開始寫的日記。

他在當地從事非法的黑心生意，難堪的傳聞、爲了掩蓋醜聞而花大筆銀子賄賂、無法向人啓齒的心中欲望、放蕩的男女關係、對貴族階級的批評痛罵……

葛拉漢毫不掩飾地寫下這一切，但蒲生翻遍每一本筆記，都沒發現任何和炸彈恐怖組織有關的記錄。

葛拉漢收在祕密保險箱裡，最害怕被人發現的東西，就是這些日記。

爲了謹愼起見，蒲生特別檢查了一番，筆記本沒設任何機關。

本來應該有物證的地點並沒有物證。

這麼看來，葛拉漢與炸彈恐怖事件有關的可能性近乎零。

蒲生將筆記本放回祕密保險箱，恢復原狀。

他熄去筆燈的亮光，周圍再度陷入一片黑暗中。

「近乎零」並不等同於「零」。

不過，要證明他完全與此事**無關**，就現實狀況來說，是不可能的事，只能這樣交差了。

他輕輕闔上保險箱，同時腦中驀然浮現前些日子報告任務時，結城中校所說的話。

——不管怎樣的調查，都不可能面面俱到。別忘了這點。

難道當時結城中校早已預料到這樣的結果？

蒲生感覺到一股陰森之氣，彷彿結城中校在黑暗中望著他一般，但他馬上揮開這個想法，將思緒集中在手指的感覺記憶上。

不管最後是否能成功，如果事後被對方發現自己曾經潛入的事，那就不配當一名間諜了。

勢必得將現場完全復原成潛入前的狀態，再離開現場。

蒲生拿起擺在地上的油畫，重新掛上牆壁，遮住祕密保險箱。

畫框右邊微微下垂。

他依手指的感覺來調整角度。就在這時，他發覺有哪裡不太對勁，停下了手邊的動作。

——怎麼回事？

公園……結城中校……就是這個，當時結城中校……

他想起來了。

——不管怎樣的調查，都不可能面面俱到。別忘了這點。

結城中校說著，同時換手拿枴杖，那是**毫無必要的動作**。就算只是一個眨眼，結城中校會刻意做不必要的動作嗎？

蒲生腦中浮現一個可能性。

難道是……

蒲生在黑暗中，轉頭望向背後。

一瞬間，他覺得自己彷彿看到了看不見的東西。

6

三天後的傍晚。

蒲生一如往常被喚至英國總領事官邸，在下完一盤棋後，他告訴葛拉漢，從明天起他沒辦法再來了。

「我收到紅紙了。」

他突如其來的一句話，令葛拉漢驚訝地睜大雙眼，蒲生聳肩說道：

「是兵單，我被陸軍徵召，下星期就要入伍了。在那之前，我想先回故鄉，和所有親戚碰個面。店裡也從今天開始就放我假，所以今天是最後一次陪您下棋了。」

「是嗎，你要加入日本陸軍……」

葛拉漢眉頭微蹙，無比遺憾地低語，接著他站起身，朝蒲生伸手。

「祝你武運昌隆。這些日子受你照顧了，期待日後有機會再和你下棋。」

蒲生也站起身和他握手，不禁暗自在心中苦笑。

——這些日子受你照顧了。

葛拉漢這麼說，不過他永遠都不知道這句話有多沉重。他萬萬想不到，就在**自己即將因牽扯那樁炸彈恐怖事件而被逮捕之際，會被蒲生所救**。

日本憲兵隊之所以會懷疑英國總領事葛拉漢涉案，是因爲在恐怖組織指定的聯絡場所，一定都有他的身影。而且事後調查得知，疑似指示書的暗號便條，用的都是英國總領事館的特殊用紙。

根據這些情況判斷，葛拉漢負責傳遞指示書的可能性極高。

依狀況證據研判，他涉嫌重大。

但根據蒲生和葛拉漢接觸所得到的心證，他卻近乎完全無辜。

面對如此詭異的落差，蒲生一直努力想查明究竟孰是孰非。

不過，會不會**兩邊都正確**？

葛拉漢將恐怖組織的指示書送往通訊地點，但有沒有可能本人對此事渾然不知？

三天前潛入英國總領事官邸的蒲生，在撤離現場前，突然想到結城中校暗示他的某個可能性，他加以確認後，發現那項假設果然沒錯。

恪守紳士風範的葛拉漢，出門一定會以傘代杖，掛在手臂上。

蒲生調查葛拉漢擺在書房傘架上的雨傘，發現傘柄內中空。

如果葛拉漢是被當成一名「無辜的信差」利用的話……也就是說，如果他是在不知情的情況下，替人運送塞進傘柄裡的通訊信，那就能解釋這詭異的落差。不過……

到底是誰，爲了什麼目的，而得如此大費周章？

——答案應該就快揭曉了。

蒲生和葛拉漢下著最後一盤棋，同時偷瞄時鐘。

他在來英國總領事官邸前，打了一通匿名電話。

對象是橫濱憲兵隊總部。

急於立功的橫濱憲兵隊不顧陸軍參謀總部的制止，爲了逮捕英國總領事歐內斯特·葛拉漢，此時正調派人力，準備出動。

蒲生指名要找憲兵隊長，告知計畫在皇紀兩千六百年的紀念典禮上暗殺政府要人的首謀的名字和職業，以及他們此刻的所在地。

憲兵隊長對這突如其來的匿名電話感到不解，相當懷疑情報的可信度。但蒲生不予理會，語帶威脅地低聲說了一句話，便掛斷電話。

——機會只有今晚，你們若不趕快前去逮捕，嫌犯就會逃走了。

話說回來，這項「皇紀兩千六百年紀念典禮的政府要人暗殺計畫」陰謀本身就是絕不能外洩的高度機密事項。橫濱憲兵隊不可能對這通電話的情報視若無睹。

至少今晚憲兵隊那班人沒空來逮捕葛拉漢。

蒲生告訴他們的嫌疑犯多達十餘人。爲了一網打盡，橫濱憲兵隊只能兵分多路來進行。他們此時應該正在突襲和計畫有關的人的住處，逮捕嫌犯。

「我要用騎士吃您的皇后了。」

蒲生佯裝沒發現葛拉漢在棋盤上設下的單純陷阱，大膽挺進。

——就算再怎麼嚴厲審問逮捕到的那些人，應該也拿不出證據，可以證明他們和英國總領事歐內斯特．葛拉漢有關係。

蒲生內心很篤定。

將通訊信藏在傘柄裡是間諜常用的老套手法。不過若只是要藏匿通訊信，暗中傳遞，方法多得是，大可不必這麼麻煩。蒲生在調查的過程中之所以會遺漏這點，也是這個緣故，也可以說是他的盲點；但蒲生總覺得是有人刻意使用這個手法，對方的目的是……可能是要讓人懷疑葛拉漢。

事實上，憑蒲生的調查要證明葛拉漢毫無嫌疑，相當困難。

不可能證明他完全無辜，

一般來說的確如此。

不過，要完全洗刷葛拉漢的嫌疑，只有一個方法。

就是找出另一名眞正的犯人。

潛入官邸的那一晚，蒲生在葛拉漢的傘中加了一個機關。

他所設的機關會讓拆除傘柄，找出裡頭空洞的人的手指沾上墨水。這種墨水是陸軍研究所接受D機關委託研發的特殊螢光墨水，通常無色透明，但是會對某種特定波長的光線起反應，浮現顏色。

接下來的三天，蒲生一直在葛拉漢身後跟蹤，觀察周遭人的手指。

有幾個人的手指對蒲生隱藏的裝置所發出的光線產生反應，浮現出顏色。

分別是在英國總領事館工作的中國書記、葛拉漢經常出入的大樓衣帽間管理員、咖啡廳服務生等人。

他們肯定是利用葛拉漢的雨傘來傳遞通訊信。

而另一方面，葛拉漢的手指一直都沒顏色。

就現況來看，原本「嫌疑重大」的葛拉漢，就此完全洗刷嫌疑。

之後爲了洗刷葛拉漢被冠上的嫌疑，只要將那幾名新出現的嫌疑人交給憲兵隊即可。

不過……

蒲生從調查「確認葛拉漢有無嫌疑」的任務過程裡獲知的情報中，想到了一件事。

炸彈恐怖計畫可能只是個幌子。

不，蒲生用來代替葛拉漢送交憲兵隊的中國人全都是狂熱的愛國主義者，想必他們對目前日軍在中國的行徑深感憤怒，是眞的想進行炸彈恐怖計畫，向日本抗議。但另一方面，集結這群人，對他們下達指令，保證會提供炸彈的組織，恐怕是不管再怎麼追查，也查不出眞實身分的幽靈。

蒲生認爲這次一連串騷動的目的是要促使日本憲兵隊逮捕英國總領事歐內斯特．葛拉漢，好讓日英關係惡化。在日本的中國愛國主義者遭到了利用。

蒲生既然看穿了手法，他就可確定背後有某國的間諜在暗中運作。

或許只是中國共產黨爲了削減日軍在中國大陸的兵力，而利用日本國內的愛國者。除此之外，也可能是目前在華北與日本對峙的蘇聯諜報部所爲，或是在歐洲與英國嚴重對立的德國，爲了將日本拉入自己的陣營，所設下的圈套。

不管怎樣，如果是有某國的間諜在背後操縱，要進一步查出線索並不容易。

此次的任務，只能就此打住了。

——不管怎樣的調查，都不可能面面俱到。別忘了這點。

結城中校的那句話，其實是警告蒲生別再深入追查。

結城中校知道葛拉漢無辜後，便告訴蒲生任務結束。

蒲生聲稱自己被陸軍徵召，就此從葛拉漢面前消失。

這次的任務到此爲止。

不過，蒲生並沒有對葛拉漢說謊。原本被扣押的**正牌**蒲生次郎，後來眞的被陸軍徵召，送往中國大陸。在葛拉漢離開日本之前，就算他在戰場上負傷，也不許回國。如此就不會有葛拉漢與正牌蒲生次郎不小心碰面的危險。

今晚被憲兵隊逮捕的嫌犯當中也包括英國總領事館的書記，不過，恐怖分子企圖在皇紀兩千六兩百年的紀念典禮中暗殺政府要人的計畫，原本就沒對外公開，所以明天應該會以「他因爲喝醉酒鬧事而被逮捕」的說法向總領事葛拉漢報告。

葛拉漢今後也永遠不會知道，自己曾經惹上多可怕的嫌疑，而周遭又發生了什麼事。

蒲生在最後一次的棋局中，不露痕跡地讓葛拉漢贏棋，就此起身。

葛拉漢很難得地送他來到玄關。

「眞傷腦筋。從明天起，我要怎麼打發時間好呢？」

葛拉漢依依不捨地再次伸手。蒲生握向他那手背覆滿白毛的手，這時，葛拉漢突然左右張望，悄聲對他說：

「這件事我只告訴你，其實我最近可能也會離開日本。」

「……您要回國嗎？」

「嗯，你也知道的，我很喜歡日本，想一直在此長住，但內人她……」

「夫人她怎麼了？」

「也沒什麼，應該是神經衰弱的老毛病吧……」

葛拉漢一臉猶豫，欲言又止，最後他低聲接著說道：

「她說『屋裡有幽靈』，很害怕。」

「……有幽靈？」

「內人說，三天前的晚上，她親眼看到有個男人的幽靈悄然無聲地在屋裡來回走動，這屋子她再也不敢住了。但你自己想想，這座官邸才剛建好沒幾年，根本沒死過人。如果是像英國那種代代相傳的老房子，還另當別論，像這種房子怎麼可能會有幽靈嘛。」

蒲生臉上泛著微笑，不發一語地頷首，表示同意他的說法。

「你也這麼想對吧？但不管我好說歹說，內人就是聽不進去。最後她說『無論如何，我都要回英國去。』……話說回來，聽說內人已動用親戚的關係，爲我在政府裡安排好適當的職務，我不回去也不行了。」

葛拉漢說得一臉無奈，但他的眼神與嘴巴說的截然不同，正散發出充滿野心的炯炯精光。

——我都這把年紀了，竟然還有高昇的機會。

看來，他很想找人分享心中這份喜悅。

蒲生很機靈地恭賀葛拉漢高昇後與他告別。

7

蒲生走在通往港口的下坡路上，同時在腦中思索剛才聽聞的情報。

——歐內斯特．葛拉漢近日將返回英國，擔任要職。

潛入官邸的那天晚上，蒲生曾偷看過他的日記。

在印度從事非法的黑心生意、放蕩的男女關係、無法向人啓齒的可怕欲望、對貴族階級的批評痛罵。

雖然蒲生只大致看過一遍，但他當然可以正確地重現日記裡的每個字句。

葛拉漢一定不希望這些情報被公開，他尤其害怕被夫人知道這些祕密。

葛拉漢回國擔任要職，等到他可以自由調閱機密情報時，昔日的亡靈將會在某個晚上再度出現。會有來路不明的人悄悄拜訪葛拉漢，以向夫人透露日記內容作要脅，要求他洩露英國政府的機密情報。

重點在於壓力和報酬。

葛拉漢肯定會出賣自己的靈魂。

到時候，葛拉漢才會明白夫人說他在日本看到幽靈一事的眞正含意。

明白名爲蒲生次郎的男人的眞實身分。

——不過，在那之前還有一段時間。

在那之前，不知還會收伏幾個目標物……

蒲生在執行任務這段期間一直僞裝成「喜歡下西洋棋的好青年」，此時他已拋開假面具，吹著口哨，走在昏暗的坡道上。

魯賓遜

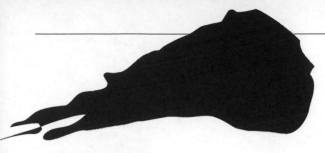

1

……在倫敦上演了一齣慘不忍睹的鬧劇。

步出格蘭飯店後，伊澤和男旋即發現有人跟蹤，微微蹙眉。

他並未轉頭，而是暗中確認跟蹤者的狀況。

（兩個人……不，是三個人嗎？）

爲了謹慎起見，伊澤在每日電訊報前駐足，假裝閱讀陳列在櫥窗前的報紙地注視玻璃表面。

——沒錯。

一名身穿灰西裝、灰色軟呢帽、體型中等，不太起眼的男人，與他保持十公尺距離，正在往舊書店裡窺望。道路的另一側，一名假裝若無其事走進麵包店的男人，應該是他的搭檔。

這兩人都不像門外漢。

這麼一來，在我看不見的地方，應該至少有一或兩人在監視我。

伊澤想起剛才和他道別的那名交易對象自信滿滿的模樣，暗自咒罵一聲。

（難怪他會提醒我小心背後……。）

那名交易對象早已被跟蹤。

除了這個原因，伊澤不可能會被人跟蹤。不過……

現在不是說這種話的時候。

（接下來……）

伊澤從報紙上移開視線，吹著口哨，邁步走出艦隊街。

途中他順道繞往「皇冠小丑」餐廳，點了杯咖啡。他坐在靠窗的座位，喝著咖啡，神色自若地觀察路上的動靜。

原本往舊書店裡窺望的男人，已從店門前走過，繞過街角，看不見蹤影，接著不出所料，果然有第三名跟蹤者出現。

——這麼一來，就能掌握到跟蹤者的位置關係了。

伊澤喝完咖啡，步出店外。

他在一家小店前掏錢買了一份標準晚報，露出猛然想起某事的神情，跳上一輛剛好駛來的巴士。

來到車站前，遇上傍晚的交通尖峰時間，他立即下車，在地鐵車站買了只坐一站的車票。

他通過驗票口，坐上駛入月台的列車最後一節車廂。

就在即將開車前，伊澤硬把門打開，躍向月台。

接著他確認過沒人跟著跳上月台後，繞往另一側的月台。

搭反向的列車前往查令十字車站。

他等兩輛在站前廣場依序候客的計程車通過後，攔了第三輛車，到另一處場所下車。

接著又改換了兩輛計程車，這才向司機告知一處離他目的地足足有兩區遠的地點。

當伊澤來到那棟朝向牛津街的建築前時，倫敦的秋日已逐漸西沉。

他朝路燈照亮的看板瞄了一眼。

「前田倫敦照相館」

十五年前，前田彌太郎從日本前來倫敦，開設了這家照相館。當初開店時，他讓客人穿上藝妓的和服，站在富士山的背景畫前拍照，以此種「仿東方色彩」爲賣點，不過這些年來，不只是居住在英國的日本人，就連當地的倫敦人也都稱他是「爲人正經，技術又好的攝影師」，深獲眾人信賴。但前田一樣贏不過年紀，最近身體狀況欠佳，夫婦一起返回日本，把一切工作全交給他們在日本研究攝影的外甥伊澤和男。

伊澤繞到店裡後門，仔細檢查後門的狀況。

先前他在門與門框間黏了一根頭髮。

頭髮還是和他外出時一樣。雖然這算是很基本的「防範裝置」，但像今天這樣，突然被人找去，與其什麼防範都不做，這樣還聊勝於無。

伊澤從口袋裡取出鑰匙，低聲吹著口哨，打開門。

四處都拉起黑色幕簾的照相館內，在太陽下山後一片漆黑。黑暗中，只有伊澤的口哨聲形成的回音。

是舒伯特年輕時爲歌德的詩所譜的曲，**極為有名的旋律**。

《魔王》。

抱著兒子駕馬疾馳的父親、放蹄飛奔的快馬、因恐懼而發抖的男孩、想以甜言蜜語奪走孩童靈魂的魔王。畏怯的孩童，父親極力安撫兒子。回到家時，父親看到的是……

伊澤朝開關伸手，想點燈，但就在他手指即將碰觸開關時，屋內的燈光不約而同地亮了。

那一刻，他因刺眼的光芒而瞇起眼睛。

屋內早有人在。

身穿灰色西裝，頭戴灰色軟呢帽。男人握著手槍，槍口筆直地朝向伊澤。

「找到你了。」男人面無表情地低聲說道。

「……」

伊澤不發一語，男人拿槍對著他，微微聳了聳肩。

「捉迷藏的遊戲結束了。你有間諜的嫌疑，我要逮捕你。」

伊澤的視線迅速往左右游移，想找尋出路。

但他感到有人拿槍從背後抵向他兩側，伊澤便放鬆全身的力氣，緩緩舉起雙手。

2

「這是做什麼？我到底犯了什麼罪！」

取下堵住嘴的口球後，伊澤馬上高聲抗議。

伊澤在照相館裡被一群神祕男人拿槍抵住，被人左右架著帶出屋外，押進一輛停在馬路旁的汽車後座。

他在車內被蒙住眼睛，戴上手銬，甚至在嘴裡塞進口球。對方的動作俐落得教人驚訝。這群男人顯然對這種工作駕輕就熟。

車子發動後，坐在他兩側的男人始終不發一語。

伊澤從臀部底下的座位感覺到的道路狀況來判斷，車子似乎正穿越倫敦市區，朝郊外而去。不過，究竟會被帶往何方，對方隻字未提。

行駛約三十分鐘後，車子突然停下。

車門開啓，對方催促他下車。

他們隔著衣服搜遍伊澤全身，之後從兩旁架起他的手臂，蒙著眼睛，帶他走進建築中。

走進建築後，走了一段長長的走廊。他走上樓梯，轉了幾個彎。

突然前方的門開啓，有人粗魯地從背後推了他一把。

背後的門關上，同時另一隻手接過伊澤，讓他坐上椅子。

拆下眼罩一看，眼前是宛如警局偵訊室般的狹小房間。

四面被沒有窗戶的白牆包圍，腳下是短毛的灰色地毯。房間中央擺著一張沒半點花樣的鋼桌，桌子兩側則是同樣冷冰冰的鐵管椅各一張。他被迫坐上其中一張。

伊澤背後的椅子兩側，站著身穿英國軍服、體格健壯的士兵。

他覺得房內還有另外一人，就在背後看不見的地方。

拆下堵住嘴巴的口球後，伊澤馬上高聲抗議，同時想轉頭望向身後，但站在兩旁的男人馬上按住他的頭和肩膀。

「可惡，怎麼會這樣！」

伊澤放聲大喊：

「一定是弄錯了！你們抓錯人了。求求你們，請幫我解開手銬。我不會告訴任何人，請放我回家吧！」

驀地，擺在桌上的桌燈發出強光，迎面照向伊澤。他反射性地想背過臉去，但士兵從兩側緊緊按住他的頭和肩膀。

他因刺眼強光瞇起眼睛，背後那人似乎在屋內繞了一大圈，接著從桌子對面，亦即正面強光的後方，傳來男人低沉的聲音：

「很遺憾，我們已知道你是日本陸軍派出的間諜。你死心吧。」

「間諜？你說我是日本陸軍派出的間諜？」

伊澤萬分驚訝似地高聲說道：

「你在開什麼玩笑啊？對了，剛才在照相館裡，也有人這麼說……我只是一般的攝影師。如果你覺得我騙人，可以去問我舅舅。」

「你舅舅？」

「最近剛回日本的前田倫敦照相館的老闆，前田先生！只要問彌太郎舅舅，就能知道我是什麼人。」

「原來如此，這也是個辦法。」男人以高姿態的口吻說道，「不過，我們從一個比你更機靈的人口中得到和你有關的證詞。要聽聽看嗎？」

男人微微抬手，比了個手勢後，從架在房內某處的喇叭裡傳出聲音。

「……那我就跟妳說吧……這可是祕密哦，妳一定要保密。妳知道位於牛津街上的前田倫敦照相館嗎？嗯，對對對，就是那家……經營那家店的前田老闆回日本去了，改由一名說是他外甥的年輕人到倫敦來……喂，這件事妳眞的不能跟別人說哦。因爲這是機密……嗯，我知道。妳和我的關係不比外人……對了，那名來自日本，姓伊澤的男人，妳知道嗎？……對，就是那名老是在店門前玩相機，個頭矮小，看起來很親切的年輕人……

妳說他是個帥哥？是嗎？不過……也是啦，當然是我比較帥嘍。總之，他其實不是前田老闆的外甥，而是日軍派來的間諜……妳說我騙妳？我哪會騙妳啊。妳聽好了，日本陸軍裡頭，有個通稱『D機關』的機密組織。外務省裡只有極少數的人知道，那名年輕人就是他們派來的。……咦，他的目的？不知道。好像是要查探英國的內情，在他們後方製造混亂……對啊，很壞對吧？話說回來，間諜本來就是品格低下的變態才會做的工作。那種人就算跑來破壞我們兩人的感情，也不足爲奇……親愛的，讓我們再次確認彼此的親密關係吧……」

聲音中斷。

這個渾然未覺自己被人錄音，一直講個沒完的男人……

是外村均，最近剛派駐倫敦的菜鳥外交官。

上任才兩個月不到，就被英國的性間諜給玩弄於股掌之間，在床上隨口說出機密情報，外務省又送來了這種頭痛人物。不過……

「結城過得好嗎？」

男人若無其事地如此問道，令伊澤猛然回神。

既然對方提到結城中校，那表示他是英國情報機關的高層。照這樣來看，伊澤應該也知道敵人的眞實身分。

伊澤瞇起眼睛，仔細觀察那名待在刺眼強光後方的男人身上的特徵。

他有一對灰色眼珠、身材瘦長、有張長臉。已不年輕。頂著一頭理短的銀髮，身材結實，雖然穿著一襲不起眼的灰色西裝，但看起來比其他兩名身穿軍服的男人更有軍人的架勢。右臉有一道縱向的傷疤，應該是昔日在戰場上換取勳章的傷痕吧。這麼說來……

他是霍華德．馬克斯中校。

是隸屬於英國情報機關的「情報頭子」之一。

現在他或許已晉升爲上校或准將，但無法從他穿西裝的模樣推測眞正的階級。

不管怎樣，明白敵人的眞正身分後，伊澤反而安心不少。

接下來將是諜對諜的交易。

諜報員培訓學校第一期生。

伊澤和男在通稱「D機關」的學校裡所受的各種訓練中，包含了「被敵國情報機關俘虜時的對應方式」。

「潛入敵陣的間諜身分暴露時，就意謂他在該國的任務失敗。」

自己親自上台授課的結城中校，黯淡無光的雙眼環視著學生。

「這當然並不是我們樂見的結果。不過，不可能有絕對不會失敗的任務。倒不如說，任務失敗時的對應方式才是眞正重要。舉例來說……」

結城中校這時突然停頓了一會兒，嘴角諷刺地歪了一下，接著說道：

「現今的陸軍那班蠢才完全沒預先設想自己的作戰或任務失敗時的情況。他們總是抬頭挺胸地說『我們的任務絕不會失敗。萬一眞走到那一步，我會壯烈成仁』。眞是蠢到極點。死，一點都不難，誰都辦得到。問題是，死並不能負起失敗的責任……」

不只那一次，結城中校總是動不動就說

——殺人和自殺，對間諜來說，是最糟糕的選擇。

「死往往是世人最關心的事。平時要是有人喪命，一定會吸引周遭人注意，警方也一定會出動。對理應是『隱形人』的間諜來說，一旦暴露身分……不，只要是引來周遭的注意，就意謂任務已經失敗。」

因此，對間諜來說，「死」是最該避免的情況，另一方面，這也是日本陸軍對D機關最忌諱的原因。在以殺敵或自殺爲前提的軍隊組織中，間諜的存在終究只是一時誤放進箱裡的爛蘋果，也是會害周遭的蘋果跟著腐爛的異物。

「不過，就算你們被敵人俘虜，受到拷問，也不必害怕。」

結城中校神色自若地說明箇中理由。

人可以感覺到的痛苦有其極限。當痛苦超越極限，就會失去意識，封閉感覺。會徹底擊潰人心的，不是痛苦，而是對痛苦的恐懼、內心的想像。只要克服對痛苦的過度恐懼，拷問根本不足爲懼。

除了結城中校外，就算其他人說同樣的話，也完全不具說服力。可是……

結城中校當年潛入敵國時，被同伴背叛，遭到逮捕，遭受嚴苛的拷問。儘管當時他失去了一部分的身體，但仍乘機逃出敵營，將重要的機密情報帶回國內。此等功績，令他說的每一句話都帶有不容質疑的眞實性。

「只要心臟還能跳，就要想辦法逃脫敵營，帶回情報，這是諸位的使命。爲了做到這點，你們需要的當然不是意志力或大和魂這些教人摸不著頭腦的東西。」

結城中校以彷彿會看穿人心般的冷峻眼神，環視在場每個學生，接著才切入正題。

「你們需要的是被逮捕接受審問時的應答技巧。這才是你們得事先學會的東西。」

伊澤在D機關學到的技巧如下。

——不管是何種情報，隨便就告訴敵人，並非上策。一開始要否認一切罪狀。如果當場認罪，反而會引人懷疑。

D機關從被逮捕的初期階段如何應對開始教起。

——要刺探出對方掌握了多少情報。別自己主動說，讓對方開口。如果對方很快便動用暴力，反而表示他們沒什麼證據。

——激怒對方，然後以屈服於壓力的樣子，緩緩說出情報，才能取信於人。

——始終都要僞裝成是審問的一方查探出情報的模樣，因此要故意說得很瑣碎，讓對方混亂。某些部分要故意推說是忘了，保留不說。

——審問者往往都會躍躍欲試地想要進行「推理」，所以要若無其事地提供看似微不足道的模糊線索，或是乍看之下摸不出頭緒的提示，讓對方當成進行推理的契機。如此一來，對方一定會上鉤。

——審問終究是語言的交鋒。既然對手想獲取情報，我方就要製造讓對手取得情報的機會，絕不要放過機會。

D機關教導學生假想各種審問方式的應答技術，同時也訓練學生將這些技術轉化爲自身「血肉」

（沒想到**真有**加以實踐的一天）

伊澤在內心微微嘆息，但他旋即佯裝若無其事，望向馬克斯中校。

審問長達一週。

所幸他未遭到粗暴的對待，身爲「俘虜」，他的待遇還算差強人意。

在**接受**審問的過程中，伊澤確認了幾件事。

對手知道哪些事情。

不知道哪些事情。

想知道哪些事情。

誤會了哪些事情。

令伊澤意外的是，敵人還不知道他被逮捕前，在格蘭飯店見面的那名同伴。

「……應該夠了吧。」

伊澤看準時機，裝出一副心力憔悴的模樣，緩緩搖了搖頭。

「該說的，我已經都說了。我已供出一切，沒任何隱瞞。已經沒東西好說了。」

「沒錯，到目前爲止，你招供的內容還不壞。」

馬克斯中校朝菸斗裡塞進菸草，點燃了火，如此說道：

「我只是覺得你說得話都兜得攏，太過完美，令人有點在意。」

「當然兜得攏啊，因爲我說的都是眞話。」

「或許是，或許不是。」

「眞傷腦筋，你疑心病可眞重。」

馬克斯中校緩緩吐出白煙，接著自言自語般地說道：

「如果你不是結城的部下，我們就會接受你的說法。」

「結城？結城中校……媽的，那個該死的傢伙！」

伊澤突然大聲喊道，連珠砲似地將結城中校臭罵了一頓。

冷血動物。

人肉販子。

拉皮條的。

地獄使者。

吸年輕人精氣的吸血鬼。

陰陽怪氣的傢伙。

……。

不久，他頹然垂首，前額抵在桌上低語道：

「你們……也差不多該饒過我了吧？到底還要我說什麼？」

「很簡單。把你知道的事全說出來就行了。」

伊澤嘆了口氣，討好地窺望對方。隔了一會兒，他低語道：

「……你願意用我嗎？」

馬克斯中校叼著菸斗，驚訝地說道：

「這麼說來，你志願當英國的**雙面間諜**嘍？」

「我講出那麼多祕密，已經是個叛國賊了，也回不了日本。走到這一步，我已經自暴自棄了。什麼事我都敢做。」

馬克斯中校瞇起眼睛，凝視著伊澤半晌。

「好吧，那就開始下一個階段。」

「下一個階段？……你該不會是現在要拷問我吧？」

「很遺憾，我們不是納粹。不會拷問。」

馬克斯中校叼著菸斗，嘴角浮現殘虐的冷笑。

「不過，我得確認一下，你是否眞心地想成爲我們的伙伴。」

——確認……我是否眞心？

伊澤背後的門開啓，走進另一名軍服男人。他朝桌子擺上一個銀色的小盒子，接著朝馬克斯中校行了一禮後，默默步出屋外。

馬克斯中校打開小盒子，從裡頭取出一支針筒。

「這是我們研發出的最新自白劑。」他將裝有透明液體的針筒舉至面前，以若無其事的口吻說道，「我們可以不用借助嚴刑拷打，而是用這個方式來確認你是否眞心。」

伊澤睜大雙眼。緊接著下個瞬間，他掙扎著想從椅子上站起身。

「住手！求求你，別這樣……住手！」

隨即有四隻強健的手臂從伊澤背後伸來，硬將他按回椅子上，緊緊壓住他，令他無法動彈。

他的右手衣袖被捲起。

針筒的注射針刺進手臂中。

3

——這是餞別禮。你帶著吧。

結城中校微微抬眼說道，從抽屜裡取出一個包裹，拋給伊澤。

那是伊澤結束在D機關裡的訓練，準備啓程前往倫敦的當天。

基於間諜的任務性質，D機關的學生遠赴海外執行任務時，無法指望能像其他軍人那樣有盛大的送行會。家人就不用提了，連對同樣在D機關受訓的同期生也不能透露半句，在無人知曉的情況下，獨自踏上旅程。

唯一例外的人是結城中校。D機關的學生都私下稱呼他「魔王」，所以他當然能準確掌握新派出的間諜執行的任務、地點，以及出發日期。

結城中校拋給前來告別的伊澤一個小包裹，說是「餞別禮」。接著又以他那平時看不出心思的冷漠表情對著辦公桌，繼續處理文件。伊澤本以爲他會對餞別禮做說明，等了一會兒，但最後結城中校只是不發一語地抬起手，告訴他可以退下了。

（傷腦筋，還以爲是什麼好東西……）

伊澤沒人送行，獨自搭上開往英國的客船，隆重的開船儀式結束後，他橫身朝艙房的床鋪躺下。他想起此事，便打開結城中校送他的包裹。

包裹裡是一本包著紅色書套的書，裡頭是橫寫的羅馬字——好像是英文。除此之外，連張卡片也沒附。

他側頭不解，打開書。確認過書名後，伊澤差點忍俊不禁。

"The Life and Strange Surprising Adventures of Robinson Crusoe"

《魯賓遜的一生和不可思議的驚奇冒險》

在日本有許多名爲《魯賓遜克魯索》或《魯賓遜飄流記》的節譯本，伊澤記得小時候也讀過其中一本。

（他的意思，是要我在搭船前往英國的漫長旅程中，看這本書打發時間嗎？）

伊澤露出苦笑，躺在床上看了起來。

「出生在約克的魯賓遜，不顧父親的忠告，展開航海冒險。後來雖遭遇暴風雨而發生船難，但魯賓遜幸運地保住一命，獨自漂流到無人島上。在島上，他以手中現有的少許道具蓋房子，栽培穀物，堅忍不拔地活了下來……

在他漂流到無人島的第二十五年，發生了一起事件。

在無人島的海岸邊，有名年輕的野蠻人差點被『食人族』殺害時，魯賓遜出手救了他。那天是星期五，所以魯賓遜替那名青年取名爲『星期五』。

自從得到『另一位居民』後，島上開始有許多訪客出現。歷經許多苦難，最後魯賓遜終於抵達故鄉英國。」

伊澤事隔多年後重讀魯賓遜飄流記，覺得出奇地有趣。

話雖如此，故事中主角常一本正經，且近乎執拗地提到「上帝和教義」以及「正義的問題」（就邏輯來說，可說是一團亂），令人吃不消，而且故事中充斥著「白人中心主義」，令人很反感。

他覺得有趣的是其他方面。

魯賓遜雖然飄流到無人島上，獨自求生，但他還是堅持保有**英國**人的姿態，這點與間諜一樣。

一般人似乎常會誤以為沒有說話對象，自己單獨行動的人（在無人島上生活的人，或是偽裝身分潛入他國的間諜），經常會面臨精神危機。不過，間諜欺瞞周遭人的行動，其實並非多麼艱難的事情。簡言之，那是經驗的問題，換句話說，只要能夠將這件事情視為**職業**，就沒有問題。

「這是很普遍的能力，也是大部分人都有的能力。」

可能每個D機關的學生都會臉上泛著輕蔑的冷笑地如此說道。

演員、詐欺犯、魔術師、賭徒。

他們也是以此當**職業**來欺騙他人，藉此謀生，但他們有時也會收起演技，混進觀眾當中。這時他們會脫離原本的「角色」，回歸原本的自己。

不過潛入敵國的間諜，卻連片刻都不能藉由這樣的救贖來讓自己放鬆，他們得時時讓自己與另一種截然不同的人格同化。舉例來說……

「伊澤和男」這個姓名和經歷，也是為了這次的任務特別使用的。

真正的伊澤和男是在倫敦經營照相館的前田彌太郎的外甥，的確在日本學攝影。目前被陸軍徵召，應該正在一處與外界沒有任何接觸的地方服兵役。

此次**伊澤**被指派的任務是潛入英國倫敦，蒐集並分析當地的情報，送回日本。倘若有人懷疑「他應該不是眞正的伊澤和男吧？」馬上會影響到他的任務。

他在離開日本前便已將與伊澤和男有關的大量情報記得清清楚楚。現在不論在何種情況、任何地方、被什麼人問到，他都能做出「我是前田彌太郎的外甥伊澤和男」這樣的反應。爲了扮演好這個角色，熟悉攝影技術當然是不可或缺的要素，但這對D機關的學生來說，只是小事一樁。事實上，一些更細微的情報，像是伊澤和男過去的人際關係、癖好、對食物的好惡等，要將它們全部兜攏，是一件更爲耗費心思的工作。

只要有一絲鬆懈，馬上會帶來毀滅。

這與獨自飄流到南海的孤島，卻仍極力想保有英國人的自我認同的魯賓遜極爲相似。

魯賓遜在無人島上讀《聖經》，向基督教的神明祈禱。

魯賓遜在無人島上栽種穀物、磨麵粉、烤麵包。

魯賓遜在無人島上作菸斗，抽菸草。

魯賓遜以山羊皮作長褲，製作英國服裝。

魯賓遜替那名土著青年取名爲「星期五」，並命他稱自己「主人」，強迫他接受這種主從關係，視此爲理所當然。

……

若光從求生的角度來看，這全都是毫無意義的舉動。在南海的孤島上，他所說的「野蠻人生活」，其實才是最適合的生存方式。

一切都是魯賓遜「為了過英國人的生活」，才需要這些步驟。

魯賓遜雖然在無人島上獨自生活，卻不曾捨棄自己「英國人」的角色，並持續與自己創造出的角色同化。

這就像是個寓言故事，象徵潛入敵國的間諜為了扮演好「間諜」的角色，對自己在當地認識的朋友，甚至是妻子、家人，都不能吐露任何實情，過著假裝什麼都不知道的生活。

——當作間諜小說來看的《魯賓遜飄流記》。

話說回來，很難想像**那位結城中校**是因為對這種文學性主題感興趣，才丟這本書給他。

伊澤慎重地翻頁確認書中空白處是否寫有什麼指示。

但什麼都沒發現，每一頁都乾乾淨淨，他甚至懷疑是否有人在他之前打開過這本書。

為了謹慎起見，他以D機關使用的各種試劑，甚至是紫外線燈來檢測，但完全查不出使用隱形墨水的痕跡。

伊澤將魯賓遜的冒險故事擺在面前，在艙房的床上盤腿而坐，盤起雙臂，多方推測結城中校的用意。

（魯賓遜被迫在無人島上生活了二十八年。難道這表示，這次任務要先有心理準備，得在敵國潛伏這麼久的時間……？）

伊澤還沒得到結論，當他再次重頭看這本書時，書末有關作者經歷的一行描述，吸引了他的目光。

——作者丹尼爾．笛福，是安妮女王的間諜。

接著有這麼一段描述。

「十七世紀末到十八世紀初的偉大作家丹尼爾．笛福，在英國君主體制下，曾服務於『安妮女王的名譽祕密機關』。

他暗中致力於推動英格蘭和蘇格蘭的統一，光就目前所知，他曾使用亞歷山大．高史密斯、克勞德．基尤等眾多假名，到各地旅行。旅途中，笛福一面整合自己隸屬的漢諾威派間諜網，一面揭穿敵方的間諜身分。

笛福也精通天文學和鍊金術，並運用這些知識設計各種暗號。

另一方面，他終其一生，都一直是當代一流的知名作家。著作有《魯賓遜飄流記》、《情婦法蘭德絲》、《英格蘭與威爾斯之旅》等。對笛福來說，寫作活動只是他間諜活動空檔的『賺錢副業』……」

（那麼，這個謎題的意思，是要我在倫敦認眞從事照相館的工作嗎？）

伊澤苦笑著，將書拋向桌上，橫身倒向床鋪。

他決定放棄，不再思索結城中校這個謎題的含意。

如果結城中校眞有心不讓他猜出謎題，伊澤絕對猜不透。

（他設這個謎題的用意，等時候到了，一定會明白。）

現在只能這麼想了。

他閉上眼，旋即感到一陣睡意襲來。

就在他即將睡著時，猛然感到腦中靈光一閃。

（對了，原來是這麼回事……）

——可是，還差那麼一點。

還差一點就能解開這個謎題了……就差那麼一點了……

——可惡。

伊澤閉著眼睛，微微皺眉。

從剛才起，耳畔一直聽到某個讓人很不舒服的聲音，害他無法集中精神思索……那是……口哨？是舒伯特《魔王》的旋律。在夜晚的黑暗中，抱著孩子駕馬疾馳的父親……

「魔王要來了……魔王……」……害怕的男孩……小子，那不是魔王。那是……樹影……

不，不對。那是……一個轉過頭來的人影……看得到臉……那是……

——結城中校。

4

他猛然一驚，睜開眼睛。

眼前所有東西的輪廓都層層疊疊，模糊不清。

宛如置身倫敦的濃霧中一般。

他用力眨了眨眼，視線才變得略微清楚。當他回過神來，這才發現……

有一雙淡灰色的眼珠正迎面注視著他。

「感覺怎樣？」

馬克斯中校以像是在聊天氣般的輕鬆口吻，向伊澤問道。

「這個嘛……還好。」

伊澤馬上微笑以對。其實他胸口噁心作嘔，自己的聲音彷彿是從遠方傳來一般，前額直冒冷汗。

「看來是藥效退了。」

馬克斯中校的自言自語傳入伊澤耳中。

（藥效……？）

迷迷糊糊的伊澤，猛然想起自己目前的狀況。

——我被注射自白劑……

看來，剛才是在失去意識的狀況下接受審問。

馬克斯中校朝旁邊一名身穿軍服，有張東方臉孔的男人努了努下巴，命他退下。對方可能是在審問時擔任口譯。

我到底被審問多久了？

已完全失去時間的感覺。不，更重要的是……

（他問了我什麼？我又說了什麼？）

伊澤瞇起眼睛，望向前方，緊接下個瞬間，他發現**那件事**，不禁暗自發出一聲呻吟。

馬克斯中校喚來部下，悄聲下達指示，他的側臉明顯流露出滿意的神情。

「要喝水嗎？」

馬克斯中校重新轉向伊澤。

伊澤經他這麼一提才想到，自己此刻非常口乾舌燥。

馬克斯中校命部下端水壺和杯子來。

「這種自白劑有個讓人頭疼的副作用，就是注射完後會口渴。要說是缺點，也的確是缺點，還有很多改良空間。」

馬克斯中校親自替伊澤的杯子倒水，神情開朗地說道。

伊澤接過水一飲而盡後，吐了口氣，這才開口問道：

「我……說了什麼嗎？」

「放心，你不必擔心。爲了謹慎起見，我會再重新向你確認你剛才說的話。」

馬克斯中校說完後，朝菸斗點了火，像是想到什麼似的，又補上一句：

「對了，我有一些新發現。」

「新發現？」

「沒錯。舉例來說，你忘了跟我們說你們無線電暗號的小祕密。以摩爾密碼傳達情報時，除了暗號名稱外，還有個人打電報的習慣——訊號所用的點和線的長度，都已在國內登錄過——這些都和指紋一樣，每個人都不一樣，這可作爲暗號的防護措施……大概就是這麼回事。」

「不會吧……連這件事你都……」

「你可別見怪啊。」

馬克斯中校微微聳肩。

「這也是爲你好。」

「爲我好……？」

「當然嘍，一切全是爲了你好。」

馬克斯中校的口吻從原本的開朗轉爲親暱。

「違反你的意願，對你這麼粗暴，我在此向你致歉。但多虧這麼做，我才信得過你。今後你可以我在們底下工作。」

伊澤瞇起雙眼，狐疑地望著對方。

馬克斯中校的態度教人猜不透，到底是什麼令他如此開朗？

「對了，難得有緣，我也告訴你一件事吧。」

馬克斯中校叼著菸斗，斜眼望著伊澤道：

「剛才我們沒問你，你倒是嘴裡不斷叨唸著『可惡，我被結城中校出賣了』『結城中校出賣了我』……被結城出賣的男人最能獲得我們信任。」

伊澤緊咬著嘴唇，狠狠瞪著馬克斯中校淡灰色的眼珠，以及他那右頰有一道傷疤的臉龐。

接著他自己轉過臉去，頹然垂首。

這是自從被逮捕後，伊澤第一次被解開手銬。

「我這邊有件希望由你執行的任務。」

他接著再次恢復軍人的冷漠口吻，如此說道，並命他的部下送來一台通訊用的摩斯密碼機。

「用它傳送暗號回日本，是你的第一項工作。」

「……傳送暗號回日本？」

伊澤無力地地抬起頭來。

「我們已經準備好電報內容了。或許你會覺得我們多管閒事，但我們已將電報內容轉爲暗號，變更成摩斯密碼。也就是說，你只要操作眼前這台機器，打出通訊文就行了。很簡單。」

——原來是這麼回事……

伊澤緊抿雙唇。

只要讓敵國相信假情報，多少都會造成敵國的損失。

例如傳達「某國對哪個地方增強軍備」之類的錯誤情報時，敵國若因此而增設對抗該地的軍備，其他眞有需要的地點的軍備就會變得薄弱。

或是針對某國三軍的預算傳達誇大的錯誤情報，敵國便被迫得編列足以對抗的預算，因而浪費龐大的國家預算，結果國力會因此遭到致命的重創。

就算沒那麼嚴重，只要能在進行外交談判時，針對前往談判的人名提供錯誤的訊息，交涉結果便會完全不同。也就是說……

散播假情報讓對方的情報機關陷入混亂，是對付潛伏間諜最有效的方法。因此送出間諜的一方，在篩選間諜送回來的情報時，總是特別小心注意。比起分辨是否眞是間諜本人傳送的情報，判斷出我方間諜是否在敵人脅迫下傳送情報，更爲重要。

各國情報機關爲了這項識別作業，想出各種方法。

通訊時一定加進暗號。

決定通訊時間。

採用特殊的周波數。

使用暗號也是一種方法。

但這些方法早晚都會被對方的情報機關查出，或是被複製。

「但我們已將電報內容轉爲暗號，變更成摩斯密碼。」

馬克斯中校剛才確實是這麼說。

英國情報機關非但已能解讀目前日本所用的暗號，連暗號表都已弄到手。若非D機關爲了識別假情報，而採用「登錄間諜個人的打電報習慣」的這種特殊方式，日本國內肯定早已充斥著各種假情報，而陷入極度混亂的狀態中。

「你怎麼了?」

馬克斯中校叼著菸斗，語帶嘲諷地朝坐在摩斯密碼機前躊躇不決的伊澤喚道：

「你在猶豫什麼?我們已經準備好通訊文了。你什麼也不用想，只要動手就行了。這是再簡單不過的工作了。還是說……」

他接著不懷好意地笑道：

「你都這時候了，還猶豫著該不該背叛結城嗎?你這種心情，我也不是不能體會。因爲他眞的是個很可怕的人。不過，你剛才自己不是也說過嗎？是結城先出賣你的。還有，你別忘了，你剛才已向我們說出絕不能洩露的事。就算現在回去，結城也絕不會饒過你。你已經沒有選擇了。」

伊澤就像被馬克斯中校的一字一句給打中般地緩緩搖頭。

沉默片刻後，伊澤深深嘆了口氣，朝擺在桌上的摩斯密碼機緩緩伸出手……

「好。這麼一來，你就正式成爲我們的同伴了。」

確認過他一字不漏地打出假情報後，馬克斯中校滿意地點著頭。訊號文所用的點和線的長度，都帶有伊澤獨特的「打電報習慣」……

「帶他去前面用餐。」

馬克斯中校抬起頭，朝身穿軍服，站在伊澤背後的年輕男人喚道：

他朝伊澤望了一眼，微微一笑，接著又補上一句「還有抽菸」。

伊澤從椅子上站起後，重新確認通訊文內容的馬克斯中校連頭也沒抬，便下達了指示。

「別忘了戴上手銬。」

「手銬？」

身穿軍服的年輕男人納悶地反問。

「在確認此次的假情報確實對日本造成傷害之前，不能讓他離開這裡。……你要看好他。」

他的口吻平靜，但年輕士兵聽完後馬上立正站好，替伊澤雙手緊緊銬上手銬。

雖然嘴巴上說是同伴，但伊澤行動時，背後還是緊跟著武裝士兵。是體格高大的年輕男人，體重將近伊澤的兩倍。

伊澤打完假情報後，就像精力耗盡般，沉默無語。

他垂落雙肩，在年輕士兵的陪同下，拖著沉重的步伐走向獨居房。來到途中的走廊，他突然停下腳步，說他想上廁所。

負責監視的士兵，不發一語地努了努下巴，要他順著走廊右轉。

伊澤依言往右走，途中回身向士兵問道：

「……前方轉角處應該有廁所，那間比較近吧？」

男人差點反射性地點頭，臉上浮現猜疑之色。

「你怎麼知道？」

伊澤搖了搖頭，未做說明。

「動作快點。」

負責監視的年輕士兵打開廁所門，在門口處推了伊澤一把。

廁所牆上只設有一面用來採光的「固定窗」，窗外設有堅固的鐵窗，完全不必擔心有人會從這裡逃脫。

伊澤小解的同時，口中唸唸有詞。

「……簡言之，是作用和反作用力……槓桿與離心力的原理……」

「喂，你在說什麼！」

士兵的聲音在狹小的廁所裡迴蕩。

但伊澤並未回頭，他還是繼續在口中喃喃低語，移向洗手台前，開始洗手。驀然間……

——啊。

他大叫一聲。手指著鏡子，反覆大叫。

——啊！啊！啊！

「怎麼了？發生什麼事了？」

年輕士兵察覺有異，衝進廁所內。

——啊！啊！啊！

伊澤指著鏡子，一面發出害怕的聲音，一面後退。

「怎麼了？鏡子怎樣了？」

年輕士兵彎下腰，從伊澤背後探頭往前望向鏡子。

鏡子裡只映出伊澤畏怯的臉孔。

接著碰的一聲，伊澤的背部撞向士兵厚實的胸膛。緊接著下個瞬間……

伊澤的身影從鏡中消失。

在此同時，那名身長六呎，重達兩百一十磅的士兵，身體猛然浮向半空，接著撞向廁所堅硬的地面。

5

伊澤躲在門後，豎耳細聽。

——沒事，沒引發騷動。

他吐了口氣。

那名年輕士兵一定萬萬沒想到，這名幾乎只有自己一半高的矮小日本人，竟然會給他一記過肩摔。

伊澤將監視他的士兵摔向廁所地面後，一拳擊向他的要害，令他昏厥。取出對方口袋裡的鑰匙，替自己開鎖，然後將昏厥的男人塞進**廁所隔間裡**。伊澤讓他坐在馬桶上，應該暫時不會被發現。

——簡言之，是作用和反作用力、槓桿與離心力的原理。

結城中校的聲音清楚地在腦中重現。

結城中校將體重多出自己一倍的對手摔向榻榻米後，一副這沒什麼的表情，如此解說道。

在D機關受訓時，伊澤也徹底接受過空手及使用各種武器的格鬥術指導，甚至包括在極限狀況下的求生術。訓練有時會聘請專門的講師，也常是結城中校親自指導。特別是柔道訓練，結城中校輕輕鬆鬆便將比自己高大的對手摔出，或是鑽進對手懷中，一拳擊中要害，令對手昏厥。

——這是魔法！

一名旅居海外多年的學生，不禁發出這聲讚嘆，結城中校聞言，馬上以他那獨特的犀利目光回望。

——你是傻瓜嗎？

他大聲喝斥，並嚴厲地訓斥道：

「格鬥術和求生術都是只有在完全合理的情況下才能成立的技術體系。今後如果還有人敢說這是魔法，將技術講成怪力亂神，不管是誰，我都不能留他在D機關內，你們給我記清楚。」

而另一方面，結城中校看有些學生對格鬥術和求生術過於投入，便以嘲諷的口吻道：

「對間諜來說，格鬥術和求生術根本沒必要。靠這種技術殺出血路，又能怎樣？一旦處在非得和敵人肉搏，或是動用求生術的狀況下，這是僅次於自殺或殺人的最糟狀況。當然，**正因為是最糟的狀況**，所以你們絕不能怠忽這項準備。但也僅只於此。」

結城中校最後一定都會以黯淡的眼神，讓人印象深刻地補上一句。

——絕不能讓任何人抓到。

「不讓人抓到」，是間諜用來保命最有效的方法，也是唯一的方法。

「只要不被既有的觀念束縛，你們應該就能隨時隨地就近找出武器。」

結城中校在學生面前展示的，有桌上的菸灰缸、作菜調味用的胡椒瓶、硬幣一枚、揉成長條狀的火柴盒、鋼筆、種在花盆裡當觀葉植物的龍舌蘭葉子、對手的領帶等，全都是日常生活中隨處可見的各種物品。雖然都只是很普遍的物品，但只要稍微改變用法，便能成爲奪走對手攻擊能力，確保自己成功逃脫的有效武器。

（不過……）

伊澤想起結城中校嚴峻的眼神，暗自嘆了口氣。多虧有D機關的柔道訓練，他才能摔出這名監視他的高大英國士兵，令他昏厥。不過，要活著逃離這裡，最好是不要再引發「衝突」。

伊澤從藏身的門後緩緩探頭，觀察走廊的動靜。

走廊兩側全都是塗白漆的門。一名身穿便服的事務員打開其中一扇門走出，看著手中的文件地背對著伊澤行走。當他繞過走廊轉角，看不見其身影時，就是好機會。

伊澤縮回脖子，在衝出去前，他再次確認自己的行動計畫。

——我在偶然的機會下發現了逃脫路線。

在長達一週的審問期間，伊澤每天都往返於審問室與獨居房兩地。途中的走廊兩側也和這裡一樣，都是整排塗上白漆的房門，但昨天返回獨居房的途中，他第一次看到其中一扇門開啓。他在路過時，往裡頭瞄了一眼，發現有幾名軍服男人圍著桌子進行會議。當時伊澤發現房間牆上貼著一張地圖，似乎是伊澤被囚禁的這棟建築平面圖。

他只在從門前走過時瞄了一眼，但光是這短暫的瞬間，他便已將地圖的詳細內容全部記入腦中。

爲了小心起見，他若無其事地向剛才那名監視他的士兵詢問廁所的位置，加以確認。看來果然沒錯。這麼說來……

平面圖在三樓的走廊盡頭畫有安全梯。若從那裡走出建築外，應該就能沿著倉庫的屋頂逃往大馬路上。

他再次從門後窺望，發現那名事務員正好繞過轉角，已看不見其身影。

伊澤深吸口氣，壓低身子，衝向走廊……

他全速衝過走廊，奔上樓梯。

途中他撂倒了兩人。

好像已被人發現，背後傳來吵鬧的聲音。

但就差一點點了。

繞過那處轉角，來到走廊盡頭，就是安全梯門口了。

飛快繞過走廊轉角的伊澤，突然大吃一驚，停下腳步。

眼前沒有那扇理應存在的門。

走廊的盡頭是一整面漆滿白漆的堅固水泥牆。

（怎麼會……）

伊澤驚詫的腦中突然浮現結城中校的臉龐，倏又消失。緊接著下個瞬間，伊澤就像挨了一記重拳般，理解了可怕的真相。

昨天那扇打開的門，並非偶然。

是馬克斯中校對伊澤設下的陷阱。

馬克斯中校**假裝偶然**地打開那個房間的門，並事先在走廊看得到的地方掛上建築的平面圖。他早料到伊澤看到平面圖後，會就此擬定逃脫計畫。所以那張平面圖上才會畫上根本不存在的安全梯。

理應是排練周詳的逃脫計畫，卻完全被對方看穿。不，伊澤的計畫根本是完全照著馬克斯中校事先畫好的路線在走，他被馬克斯中校玩弄於股掌之間。

——我失敗了？沒想到我竟然會逃脫失敗？

伊澤仍不敢相信，陷入深深的錯愕，這時，一個冰冷的聲音傳進他耳中。

——**真是錯得慘不忍睹**。

沒錯，要是結城中校也在的話，一定會面無表情，冷淡地說道。

——對方是英國情報機關的間諜頭子，當然可以料到他會設下這種陷阱。

背後傳來衝上樓梯追趕伊澤的腳步聲。

眼前的走廊已來到盡頭，左右都無路可逃。

當眞是成了「甕中之鱉」。

伊澤也不得不承認這點。

我的逃脫計畫徹底失敗了。

〈到此為止了嗎……〉

自從被捕之後，一直緊繃的神經就此斷裂，他感到全身逐漸虛脫……

就在這時，

驀然有個奇怪的東西映入眼中。

走廊上一字排開的房門中，有一扇門以有色粉筆畫上奇特的記號。

〈♀〉

不太對勁。

「圓圈再加上十字？女性……不，這好像是……」

但現在沒時間細想。

只好賭一把了。

他伸手搭向畫有記號的房門，門沒鎖。他打開門，躲進房內。

房內一片漆黑。

就在千鈞一髮之際，好幾道腳步聲通過門外。

傳來他們在走廊上到處開門查看的聲音。

「找到了嗎？」

「不，沒有。……你那邊找得怎樣？」

伊澤聽見交談聲。

他眼下只能躲在黑暗中屏氣斂息。

腳步聲朝門前走近。

眼前的房門被人用力打開……

6

兩小時後……

伊澤閉著眼睛，坐在行駛中的車輛前座。

駕駛座手上握方向盤的是名陌生的男人。打從遇見他的那一刻起，他便帽子深戴，非但看不見他的表情，更看不出他的年紀。是愛爾蘭人嗎？也許是猶太人。不過話說回來……

這不是什麼重要的問題。

當初經由「可以借個火嗎？」「我的鞋子是黑色的」這樣的對話，已確認他是**D機關的內應**。像這種「沒意義的對話」，不用說也知道，是爲了避免**偶然的意外**發生。

之後兩人便不再多說，就連彼此的名字也不知道。

對彼此一無所悉，萬一有事發生時，才能將傷害降至最低。

這是間諜之間的基本禮儀。

男人的開車技術驚人。他以開車爲業。從此人夾克衣領的形狀，以及車內特有的氣味來判斷……

伊澤搖了搖頭，壓抑住自己反射性想展開推理的習慣。

——至少看來是不必擔心會發生交通事故了。

此刻他已不再細想，放鬆身體，隨著車身舒服的震動而搖晃。

由於有種「得救了」的安心感，令他幾乎就此入睡。每次他都極力讓自己保持清醒，免得落入沉睡的深淵……

——這個樣子簡直就像……

伊澤想起此事，露出苦笑。

——在D機關接受審問訓練一樣。

事實上，當時的情況並非如此。

在D機關的訓練中，伊澤曾多次在毫無預警下半夜被人叫醒，帶往獨居房。然後接受數小時，甚至是接連數天的審問訓練。

雖說是**訓練**，但審問卻是來真的，絲毫都不馬虎，有時還會動用暴力或自白劑。

在睡眠不足、疲勞、肉體痛苦，以及自白劑的影響下，腦袋迷迷糊糊，但伊澤和接受同樣訓練的其他學生仍被要求得馬上辨識出「該回答的情報」與「不該回答的情報」。

——這並不是什麼多困難的技術。

伊澤因接受審問而憔悴不已，結城中校對他說道：

「我只要求你們要讓自己的意識**多層化**。可以給對方的情報放在表層，不該給的情報放在深層。要訓練自己，就算對方用自白劑審問，也只會說出放在表層的情報。這很簡單。」

這也太強人所難了。

當時沒有任何人這麼說。

結城中校當初被敵方逮捕，接受審問時，確實辦到了這點。既然這是事實，那麼……

——我們也一定要辦到。

每個學生都對此深信不疑，他們個個都擁有極高的自尊心。

等到伊澤他們都能忍受這樣的審問後，結城中校才告訴他們這項訓練的真正目的。也就是說……

——在敵區被逮捕時，能利用這項技術逃脫。

學生露出驚訝的表情，結城中校向他們分析敵方逮捕間諜時的心理反應。

「逮到敵方的間諜，或是解開敵方暗號的一方，接下來一定很渴望**利用手中的間諜**，**向敵方散播假情報**。既然假情報是派出間諜的一方的最大要害，要抓到人的這方放棄心中這種渴望，非常不容易。」

結城中校接著說：

——而這時候，正是你們逃脫的機會。

馬克斯中校指示伊澤打電報送出假情報時，伊澤將他們備好的通訊文**一字無誤**地打出。

但實際上，D機關的成員在打暗號電報時，都會以固定的比例打錯字。若是**一字無誤**地打出暗號電報，那表示這份電報意謂著「我在敵區中出事了」，也就是「我被捕了，請求救援」。當然了，學生被要求將這項情報收在意識最深處，就算會被殺害，也無法問出這項情報。

他們早已事先設下幾個聯絡地點，再從中選出二或三處接近發出電報地點的聯絡處。在打出「我在敵區中出事了」的電報後兩個小時內，內應會備好汽車，在決定好的場所等候。D機關成員雖然不曾與內應見過面，但他們藉由暗號識別彼此，之後馬上便可做好逃出國外的準備。

反過來說，被逮捕的間諜得想辦法靠自己的力量前往聯絡處。倘若遲到二十分鐘以上，內應便會離開。這時就視為逃脫失敗，永遠失去被救出的機會。

所以伊澤在打出請求救援的電報後，立即行動，執行逃脫計畫，然而……

（差點就失敗了……）

伊澤在前座深深嘆了口氣。如今回想，仍不免冷汗直流。當時……

伊澤完全落入馬克斯中校設下的陷阱，被追進了死胡同，最後他躲進一處畫有奇怪符號的門內。他在暗處屏氣斂息，腳步聲朝他走近，眼前的房門被使勁打開……

伊澤倒抽一口冷氣，在他前方伸手可及的距離下，站著一名身穿軍服，全副武裝的男人。在逆光下，男人的黑影完全擋住唯一的出入口。伊澤暴露在走廊射進的亮光下，男人不可能沒看到他。

但男人似乎完全沒看到眼前的人影，旋即轉頭朝身後大聲喊道，「這個房間裡沒人！」地關門離去。

之後，傳來門外有人大喊，「在前面！他逃到前面去了！」的叫聲，接著一陣急促的腳步聲迅速奔離。

隔了一會兒，伊澤才稍微打開門，往外窺探。

走廊已無半個人影。

他鬆了口氣，這時，他發現剛才那名男人在門旁的架子上擺了一個東西。

是這棟建築的平面圖和一串鑰匙。

平面圖上以紅色標示出設有警衛的地點。

伊澤拿起這兩項東西，走向走廊，並回頭確認門外。

門上的符號已被擦除。

（潛伏間諜是吧……）

不會有錯。若真是這樣……

伊澤依據手中**這份真正的平面圖**，迅速在腦中擬定逃脫路線。

潛伏間諜。

這與偽裝身分潛入敵國，時時蒐集情報、分析情報的潛入間諜不同，他們平時完全不會進行間諜活動，只有在特定條件下，或是接受特別指令時，才會恢復間諜的身分。

結城中校在日本設立D機關的同時，也在英國培訓潛伏間諜，而且他似乎還暗中將潛伏間諜送入英國情報機關中樞。

對方可能平時是「女王陛下的忠誠士兵」，只有在日本間諜被英國情報機關逮捕時，才會發揮潛伏間諜的功能。在日本間諜嘗試逃脫時，暗中幫他們一把。這就是潛伏間諜所扮演的角色，暗號名稱則是……

伊澤躲在暗處，一面躲過警衛的防守，一面回想當初即將出發前往英國時，結城中校送他當餞別禮的那本書。

《魯賓遜飄流記》

書中有這麼一段描述。

「作者丹尼爾·笛福……也精通天文學和鍊金術，並運用這些知識設計各種暗號。」

以粉筆在門上畫下的奇怪符號。

〈♀〉

果然是那名潛伏間諜畫的。

圓圈加十字。常用來代表女性的這個符號，在鍊金術中代表「美神」。「美神」維納斯。天文學中被稱作「維納斯」的金星，意指一星期中的「第六天」。

一星期中的第六天。

星期五。

在南海孤島上，解救魯賓遜免於孤獨的那名青年土著的名字。

結城中校送進英國情報機關的潛伏間諜，就是用這個暗號名稱。

結城中校並未事先向前往英國的伊澤告知「星期五」的存在，不過，他送了伊澤《魯賓遜飄流記》當作餞別禮。

只要不知道對方的存在，就算被捕，也不會自白供出對方。

爲了保護潛伏間諜，這是最好的防範法。

另一方面，只要送那本書當餞別禮，日後一旦出了狀況，伊澤應該會自己解開謎題，遵照潛伏間諜的指示（門上的符號）找出活路，一開始結城中校就已預見了這一切。

（結城中校到底是信任我，還是不信任我？）

感覺還眞是複雜。結城中校對伊澤並沒有什麼信不信任的問題。他只是將伊澤當作某種特別的存在罷了。證據是……

逃出那棟建築的伊澤，確認警衛通過後，壓低身子不讓人發現，朝圍牆奔去。

據**眞正的平面圖**所示，架設在圍牆上的鐵絲網，應該有一處已被剪斷。

他跳上圍牆，伸手搭向圍牆上方，一口氣將身體往上撐。

有刺的鐵絲以不顯眼的方式剪斷。他鑽進當中的縫隙，跳向外頭的大馬路。

他立即起身，查探四周。

沒事，沒人發現。

他拂去上衣的泥巴，若無其事地邁步前行。

伊澤加快腳步朝聯絡處走去，一面忙碌地運用所有感官，努力思索。

——我疏忽了什麼？

他再次回想結城中校的安排。

回溯到事情的開端，他不禁苦笑了起來。

伊澤被埋伏在照相館裡的人逮捕。當時他滿心以為是之前碰面的那名情報提供者被人跟蹤，自己因此被人循線查獲。

但在審問的過程中，他得知英國的情報機關甚至連那名情報提供者就在英國內政部的事也不知道。他們之所以會逮捕伊澤，是因為派駐倫敦的年輕外交官被英國的性間諜玩弄於股掌，在床上說出伊澤的眞實身分。

但這是不可能的事。

儘管在錄音帶裡，那名外交官自己說出祕密，但D機關就算在陸軍內部，也是獨立性極高的特殊單位，即便是陸軍參謀總部，也只有極少數人知道他們的存在。更何況是是剛進外務省沒幾年的年輕外交官，不可能知道D機關派往英國的潛入間諜眞正的身分。

——那名叫外村的菜鳥外交官，為什麼知道伊澤的眞實身分？

當他如此思忖時，猛然想起一件事。

那是決定派他到英國前的事……

在倫敦上演了一齣慘不忍睹的鬧劇。

英國知道了某個與陸軍在歐洲戰略有關的機密。

調查後發現，派駐倫敦的日本外交官打國際電話時，也不用暗號，就**直接以日語交**

談。

陸軍馬上對外務省提出嚴重抗議。

「請至少在談論軍方機密事項時，使用暗號。此外，國際電話全部都會被竊聽，交談時請格外注意。」

但外務省卻只是很冷淡地回覆一句：

「神國日本的語言特殊，英美那班人不可能懂。此外，英國身爲紳士之國，我們不認爲他們會竊聽外交官的電話。該項機密外洩，並非我們的過錯。」

結果他們完全不承認自己應負的責任。

話說回來，外交官理應有另一個身分，那就是雙方國家彼此認同的「合法間諜」。從眼前的情況看來，只能說他們過於欠缺自覺。

之後每次發生洩密事件，陸軍都會提出抗議，但他們無法就事件性質加以證明兩者的因果關係，所以實際上，外務省也持續無視陸軍提出的抗議。然而，此次這件事……

由於外交官一時不愼洩露情報，使得陸軍一名間諜被捕，差點喪命。

顯然外務省必須爲此事負責。

只要暗示會將他們此次的疏失公諸於世，那群冥頑不靈的外務省官員非得讓步不可。同時，既然已得知日本的暗號被英國破解，先前要引進那套技術完備，卻因「操作麻煩」的理由被刪除預算的新型密碼機，這次肯定可以過關。

——這才是眞正的目的。

不過，伊澤不認爲陸軍參謀總部那群死腦筋的人，寫得出這麼複雜的劇本。想必是陸軍參謀總部看外務省的人行爲一再失當，深感頭疼，想硬將**這個責任塞給**陸軍視爲燙手山芋的D機關，也就是結城中校，所以要求他處理這項麻煩事。

還是說，針對最近一再有洩密事件發生，結城中校有股深刻的危機感，所以作了人情給參謀總部，由他提出這項建議？

不管怎樣，結城中校此次命令伊澤執行的任務，只是用來掩飾原本用意的一個幌子。結城中校一方面派伊澤前往英國當潛入間諜，另一方面偷偷向日本駐英的年輕外交官散播伊澤的情報。當然了，結城中校早料到他會在床上向英國的性間諜道出此事，伊澤也因此遭到逮捕……

伊澤的任務是結城中校一開始就設計好的鬧劇。

第一次聽到那名年輕外交官愚蠢的錄音時，伊澤馬上就發現這點。所以他才會在施打自白劑而失去意識的狀態下，無意識地說出「我被結城中校出賣了」、「結城中校出賣了我」。多虧這樣，馬克斯中校才會放鬆戒心，一時不愼，讓伊澤打了那份「求救電報」。

伊澤被捕後，會在自白劑的影響下脫口說出什麼話，以及他說的話所帶來的影響，全都在結城中校的算計內。

（眞是個驚人的怪物……不，不愧是**魔王**。）

伊澤坐在行駛中的車子前座，闔著眼睛，努力與睡意相抗的同時，腦中浮現結城中校那昏暗的眼神。

在歌德的詩句中，魔王以花言巧語奪走孩童的靈魂。而他的親生父親不管怎麼好說歹說，極力挽留，仍舊枉然。那肯定是厲害無比的甜言蜜語。

（我們的魔王，下次會用什麼花言巧語來奪走我的靈魂？）

他闔著眼，略泛苦笑。接下來……

應該會雇一艘小船，渡海前往歐洲大陸，在那裡接下結城中校下達的新指令吧……

對了，魯賓遜的冒險故事好像有**續集**。

（這次會去哪兒？）

當他回過神來，已聽見遠方傳來的浪潮聲。

海岸已近在眼前，有艘開往歐洲大陸的小船在岸邊等候。

——在那之前……先讓我小睡一會兒吧。

伊澤嘴角泛著苦笑，陷入短暫的睡夢中。

魔都

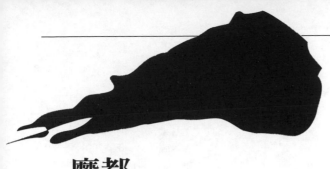

1

明明才早上九點，但房內的空氣卻像黏在身上似的，酷熱難當。裝設在天花板上的巨大風扇，只是在攪動一團悶熱的空氣凝塊。

憲兵中士本間英司腋下夾著憲兵帽地立正站好，他黝黑的臉孔從剛才起就一直冒出豆大的汗珠。

他被派往上海已三個月，至今仍不習慣這樣的酷熱天氣。

不，他不習慣的，並非只是與內地的炎熱夏日迥然不同的地方氣候。那油膩的古怪菜餚、動不動就遮蔽視線的推擠人潮、熏人的體臭、可怕的鴉片窟、以後夜裡在街上拉人衣袖，看不出人種、國籍、年齡的眾多女人，本間到現在還是無法習慣。

「要兩年的時間。」

前任在完成正式的交接工作後，笑嘻嘻地對本間說道：

「身體要習慣這裡的氣候和食物，牢記這租界社會的複雜規矩，有辦法和苦力、車夫，以及夜裡那些來路不明的女人交談，至少得花兩年的時間。在那之前……你就慢慢適應吧。」

——在這種非常時期，竟然說得這麼悠哉？

當時他瞇起眼睛望向對方那黝黑的臉孔，心裡無比憤慨，但對方的建言似乎一語中的。

坦白說，此刻的本間心裡很不安，就算再花上兩、三年，他也不確定自己是否眞能適應這塊土地。相較之下……

本間將視線移向坐在辦公桌對面的憲兵上尉及川政幸，心中暗暗咋舌，他居然和平時一樣。

及川上尉讓本間在一旁等候，自己則是忙著翻閱今天一早從陸軍大本營以船運來的文件資料，但令人吃驚的是，他額頭連一滴汗也沒有。

以軍人來說，及川上尉算是體型瘦弱，他鼻梁挺直、臉型瘦長、模樣斯文，光看他那宛如學者般的冷漠眼神和膚色白皙的冷峻面容，實在教人很難相信他已在上海生活多年。

及川上尉受命擔任上海治安最差的滬西地區分隊長，至今已快滿五年。這段期間，日軍與中國軍在上海引發激烈的軍事衝突。目的在於維護軍紀、蒐集當地情報、保護當地國人的上海憲兵隊，特別是滬西地區分隊長的工作極爲繁忙緊張。及川上尉處在此等艱困的狀況下，率領一小隊部屬，始終沉著冷靜，成功達成任務。

陸軍參謀總部給予及川上尉在上海的工作表現很高的評價，聽說接下來他調回日本時，除了會高升外，也已決定了和陸軍中將橫澤的千金婚事。

——羨慕人家也沒用。

本間暗自嘆息。不過，他指的是及川上尉面對上海的酷熱，卻連一滴汗也沒流這件事。與陸軍中將的千金結婚這種幸運的事，對本間來說，就像另一個世界一樣，遙不可及。

及川上尉從文件中抬起頭，朝掛在牆上的時鐘瞄了一眼後，開口道：

「不好意思，讓你久等了。」

「不，沒關係。」

本間立正應道：

「不知您找我有何吩咐？」

「吩咐？」

「今日我是奉及川上尉的命令前來。」

「也是。」

及川上尉微微苦笑：

「你不必那麼緊張。我不是要吩咐你什麼……你到上海就任，已快滿三個月了。比較習慣了嗎？」

「習慣……一些了。」

「這邊的語言學得怎樣？」

「我正努力學習中。」

「努力學習中嗎？」

及川上尉似乎是覺得本間的回答有點好笑，微微一笑，又接著問道：

「你學哪種方言？」

「蘇州話、江北話，還有寧波話。」

「那英語呢？」

「我最擅長英語。」

「是嗎？」及川上尉滿意地點了點頭。本間見狀，也鬆了口氣。

坦白說，本間來到上海後，最頭疼的就是語言問題。

其實這裡根本就不存在所謂的上海話。

在上海，富裕的中國人說北京話，商人說寧波話，被稱作「阿媽」的幫傭和女傭說蘇州話，至於車夫和苦力們之間則是說江北話，彼此有很大的差異。而且上海租界湧入世界各國的國民，當中夾雜著他們所使用的外語。也因此在商人、車夫、苦力的方言中，當然也以奇怪的使用方式混進了在上海最具經濟實力的英國人所用的語言——英語，使得情況更加複雜。

派遣上海的憲兵第一個碰到的問題，就是語言。事實上，本間來到上海的這三個月，可說是全花在學習各種語言上。

不過多虧這段時間的苦練，最近他就算獨自在上海街頭行走，也不會有任何不便。

聽說有些憲兵因爲語言能力始終不見提昇，而被遣返回日本。

——上尉今天叫我來，難道是爲了判定我的語言能力？

正當他覺得一早突然被叫來的謎題已經解開時，只見及川上尉雙肘靠在辦公桌上，十指交纏。本間看到他此刻的眼神，原本正要放鬆的背脊再度挺直。

……看來，接下來才要進入正題。

「我要你執行一項機密任務。」

果然不出所料，及川上尉低聲道出其用意。但接下來的內容，卻遠遠超乎本間的預料。

「派遣上海的憲兵隊中有內奸，你把那個人找出來。」

及川上尉以冷峻的口吻命令本間。

本間一時愕然，過了一會兒才回過神來。

「爲什麼是我？我來上海才三個月。爲什麼指派我……」

「就是因爲你才來三個月。」

「咦？」

「根據目前的調查，至少超過三個月前就開始有情報洩漏了。也就是說，三個月前才來到上海的你，不可能是嫌犯。」

本間明白他話中的含意了。

內奸，背叛者，

戴著同伴面具的敵人是窩藏在組織內進行破壞的害蟲。

若不能找出嫌犯，同伴之間就會彼此猜忌，杯弓蛇影，組織不久便會分崩離析。不過負責維護軍隊內部秩序的憲兵隊，又不能請外部的人進行內部調查。而另一方面，只要不清楚誰是嫌犯，就無法由內部的人展開調查。

眞是進退兩難。

在這種情況下，三個月前才剛到上海就任的本間，便算是「內部的外部人士」。和他同時期到上海就任的還有其他人，但之所以選中本間，可能是看上他在內地擔任過「特高（註）」的資歷吧。不過……

及川上尉剛才提到了「根據目前的調查」這句話，

明明已經有人展開調查，爲什麼現在又把這項工作丟給我？

及川上尉像是看穿本間的心思，開口道：

「之前祕密調查這件事的人，是憲兵伍長宮田伸照。」

註：特別高等警察課，是日本戰前的祕密警察組織。以「維持治安」的名義，鎮壓社會主義、共產主義等破壞社會體制活動的思想。

本間差點不自主地叫出聲來。

三天前，

憲兵伍長宮田伸照在滬西地區巡邏時，突然背後挨了一槍，後來被人發現他倒臥血泊中的屍體。滬西地區馬上被封鎖，上海憲兵隊持續展開嚴密的調查，但至今仍未找出凶手。

不，不只宮田伍長的事。

最近在上海，不分晝夜，頻頻發生以日本人以及協助日本的中國人爲下手對象的恐怖事件。連日來，不斷出現親日派的中國人、日本軍方相關人員、口譯等，大白天走在路上遭受襲擊的案件。而就在宮田伍長遭射殺的同一天，有人在日本人聚集的虹口區電影院裝設炸彈，造成多人傷亡。在昨天，當著滬西地區憲兵分隊員的面，一棟有多家日本企業進駐的大樓，遭到數發迫擊砲的射擊，大樓因此崩塌，事態嚴重，令人震驚。

直到現在，本間仍以爲宮田伍長遭人槍殺的事件是中國抗日恐怖組織所爲，但如果宮田伍長當時正在調查憲兵隊內部的背叛者，就必須以另一個角度思考這件事。

本間抬起頭，吞了口唾沫後問道：

「有哪些人知道這件事……？」

「只有你、我，還有總隊長三人。」

及川上尉若無其事地說道。他話中的含意是……

「這是你單獨行動的任務」以及「既然你知道了，就不能推辭」。

「這是宮田伍長的報告書。」

及川上尉再次朝牆上的時鐘瞄了一眼，從辦公桌抽屜取出一份卷宗，封面以紅字寫著斗大的「極機密」。

本間做好心理準備，向前踏出一步，想拿起卷宗。

就在這時，

傳來轟的一聲巨響，同時腳下一陣搖晃。

本間向前撲倒，伏臥在地。

——是迫擊砲。

這個字眼馬上浮現腦中，大樓崩毀的模樣從他腦中掠過。

他低著頭，全身緊繃，準備承受第二發砲擊。然而……

「本間中士，你在幹什麼！」

及川上尉高亢的聲音直鑽入耳中。

本間猛然一驚，抬起頭來，發現及川上尉已面向窗外。

這間辦公室位於五樓。

隔著及川上尉的肩膀，他看見朝外開啓的窗戶外升起一道黑煙。

「快確認詳細的地點！」

及川上尉厲聲下令，拿起靠在窗邊的一個雙筒望遠鏡，拋給本間。

本間慌張地站起身，接過望遠鏡，急忙站在及川上尉身旁。

他拿起望遠鏡貼在臉上。

雙手顫抖，無法對焦。

——可惡……

本間在口中低吼。

恐懼感仍在心中揮之不去，他對自己無法馬上展開行動的怯懦感到羞愧，他知道自己此刻滿臉通紅。只有今天他才很慶幸自己皮膚黝黑，不會被人看出他的臉紅。

砲擊地點是黃浦江對岸的共同租界，似乎已經起火，黑煙底下紅色火焰閃動。

「……糟了。」

及川上尉的低語聲傳進本間耳中。

本間察覺到他的語氣有異，因而放下望遠鏡，偷偷窺望身旁的及川上尉。

「那是……我家。」

及川上尉的臉抵著望遠鏡，一臉慘然。

2

本間等人抵達現場時，濃煙和大火已經平息，但取而代之的是周遭黑壓壓的人潮。人種、服裝、語言皆不同的眾多圍觀者，將爆炸現場擠得水洩不通，人們大聲地喧嘩討論，吵得教人頭疼。要不是有頭上纏著頭巾、膚色黝黑的印度警察在現場監視，他們肯定會自己走進爆炸現場裡，將屋內還能使用的東西（或是已完全不能用的東西）拿了就走。

——明明炸彈才剛爆炸，這些傢伙不怕嗎？

本間撥開看熱鬧的人群，一面走向現場，一面轉身望向人群，大感驚異。

他向受雇於租界工部局（註）的印度警察出示身分證後，走入事發現場。

本間望了一眼爆炸現場，蹙起眉頭。

——慘不忍睹……

歷經爆炸和之後的火災，及川上尉的住家幾乎已完全付諸一炬。

仍在悶燒的現場附近的路面上鋪著草蓆，上頭擺了幾具屍體。

註：上海公共租界工部局（1854-1943），上海租界的自治機構，擁有自己的政經和司法體系，相當於租界的市政府。

每具屍體不是給炸飛了手腳，就是燒得焦黑，死狀淒慘。

和本間一起趕至現場的及川上尉，單膝跪地，默默調查這些死者。本間走近後，他朝一名看似老太太的屍體努了努下巴，一臉遺憾地說道：

「……她是固定到我家幫傭的阿媽。」

「其他人呢？」

回頭一看，一名頭戴軟呢帽的中年白人，嘴角以令人不悅的角度叼著根菸，站在一旁。

本間因逆光而瞇起眼睛，接著他才察覺這名發問人的身分，心中略感意外。

他是詹姆士探長，維護共同租界治安的租界警務處實質的指揮官。

在各國權力錯綜複雜的上海租界裡，就算發生與日本人有關的犯罪案件，日本的憲兵隊也沒有調查權。共同租界內發生的一切事件，都是由租界工部局所組成的租界警務處負責調查。就這層意涵來說，詹姆士探長出現在案件現場，沒什麼好大驚小怪。不過……

租界警務處號稱是由當地的中國人、英國人、美國人、印度人、俄國人，以及日本人所組成的多國籍組織。但事實上歷任的警務處長都是由英國人獨占，由此可以看出，這始終都是代表英國權利的組織。

特別是日華事變爆發後，英國為了確保其在上海租界的利益，同時英國輿論也對重慶的中國國民政府抱以同情，因而使得租界警務處對調查和對付上海頻傳的抗日恐怖事件相當消極。

前些日子，駐留上海的日本海軍一等水兵在共同租界的路上遭人殺害一事發生時，租界警務處打從一開始便不太積極進行調查。非但如此，甚至還對外表示「這起事件是日本軍人之間感情糾紛所引發的私鬥」，想藉此壓下這起事件。

至於抗日恐怖事件的調查，也總是在日方的一再催促下，他們才心不甘情不願地有所動作。

而今天爆炸事件明明才剛發生，理應尚未提出正式的調查委託，爲什麼詹姆士探長這麼快就來到現場？

本間詫異地皺起眉頭，詹姆士無視他，反覆詢問及川上尉：

「其他人呢？有沒有你認得的人？」

「這個嘛……因爲死狀太淒慘，我也不是很肯定……」

及川上尉再次低頭望向地面，逐一指著屍體說道：

「這兩個人應該是平時坐在我家前面馬路上的兩名乞丐……而這個應該是附近黃包車的車夫……總是在我家門前等我出門，直嚷著要我坐他的車，很煩人……不，我不知道他的名字……這個女人……我曾看過她在馬路對面賣菜。至於這孩子，眞可憐，他是鄰居的孩子，常在我家後面玩。其他我就認不出來了。可能是剛好路過，運氣不好，被捲入爆炸吧。」

「原來如此。」

詹姆士探長聽著及川上尉的說明，頻頻點頭，從口袋裡取出筆記本，朝裡頭寫了些字。接著他闔上筆記本，在那排成一列的屍體前走了幾步後，突然停步，以腳尖輕戳其中一具屍體說道：

「這傢伙最可疑。」

「這名乞丐？你的意思是，他是炸彈恐怖事件的嫌犯？」

「炸彈？不，怎麼可能？這傢伙應該是在燒柴火，結果造成堆在牆邊的油漆罐爆炸。」

詹姆士探長聳著肩說道，接著一腳將火災現場散落一地的焦黑油漆罐踢飛。

——這場爆炸是油漆罐造成的？

一直靜靜聆聽的本間，忍不住從旁插嘴：

「怎麼可能！別開玩笑了。誰看都知道，這次的事件是針對及川上尉的炸彈恐怖事件。你與其在這裡說這種無聊的玩笑話，不如早點去逮捕嫌犯吧。」

「別說了，本間中士。」

及川上尉壓低聲音制止了本間。

「可是上尉……」

「沒用的，因爲他們根本就沒有要調查這起案件的打算。」

——沒有要調查的打算？這怎麼可能……？

本間楞了一下，但他旋即發現及川話中的含意，緊緊咬牙。

這麼嚴重的爆炸，還平白死了不少人。就算是租界警務處，也不可能對這次的爆炸事件**視而不見**。既然這樣，就乾脆在日方出言催促前，先前往了解整起事件，掌握調查方向。

詹姆士探長一定是這麼想，所以才會這麼迅速地趕到現場。

照這樣來看，租界警務處已完全沒有取締抗日恐怖活動，或是逮捕恐怖分子的意思。想要保護自己不受抗日恐怖活動傷害，只能自己進行調查，逮捕嫌犯。可是……

本間環視在爆炸現場圍觀的群眾，爲之一怔。

那是無數張陌生的臉孔……

策畫炸彈恐怖事件的人並不會穿著軍服展開攻擊。他們平時神色自若地混在群眾裡，一旦見我方有機可乘，就突然拿著槍和炸彈來襲。

這些人**不是**正規軍，被稱爲便衣隊，令住在上海的日本人膽顫心驚。

炸彈客只要藏身在人海中，就幾乎不可能找出他來。

事實上，此時也陸續有上海憲兵隊員趕至現場展開調查，但他們的人數與圍觀的群眾相比，實在少得可憐。而且剛才及川上尉還說，爲數不多的我方人員中，還藏著背叛者……

——光靠上海憲兵隊就能與抗日恐怖分子對抗嗎？

本間絕望地環視四周，驀地停住目光。

一名身形偉岸的男人站在擺放屍體的草蓆旁。

是憲兵上等兵吉野豐。

本間的階級在他之上，但他比本間更早來到上海。應該快滿兩年了。

他是鄉下地方出身，外形粗獷，臉色當然比本間曬得還要黝黑。因爲氣候的緣故，上海憲兵隊成員大多不戴帽子，但只有他與眾不同，和在日本一樣，總是整天戴著帽子。聽說吉野上等兵之所以終日戴著憲兵帽，是因爲他很在意自己的禿頭。

吉野上等兵呆立在這樣的大熱天下，連本間走近也渾然未覺，目不轉睛地凝視著草蓆上的一具屍體。

「吉野上等兵，你怎麼了？」

本間出聲叫喚，吉野驚訝地抬起頭來。

他那黝黑的臉孔，看起來莫名地蒼白。

「你認識這名死者嗎？」

面對本間的詢問，吉野上等兵神色慌張地搖頭。

「不，不是這樣。我不可能認識這個人。」

吉野上等兵簡短地回了這麼一句後，補上一句「請恕我先行告退」，很刻意地舉手敬禮，本間還沒來不及細問，他已轉身離去。

本間走向吉野上等兵離開的地方，望了一眼後者方才注視的那具屍體。

在爆炸的衝擊下，此人的手腳扭曲成奇怪的角度，衣服燒焦，所以無法肯定，但應該是名中國少年。年約十五、六歲，或許還更年輕……

本間低頭俯視屍體，側頭尋思。

少年的臉沾滿煤灰，嚴重燙傷潰爛。就算是熟人，恐怕也很難一眼就認出他的身分。

——不，等等。

本間單膝跪地，伸指碰觸屍體。果然沒錯。起初以爲只是煤灰，但屍體的胸口一帶有個形狀像蝴蝶展翅的胎記。吉野上等兵可能是看到這個特徵明顯的胎記，而猜出屍體的身分。可是……

這只是單純的偶然嗎？還是說，這名少年與此次的炸彈恐怖事件有關？

正當他猶豫該不該將離去的吉野上等兵喚回時，有人在背後叫喚他。

「本間中士！」

他回身而望，那粗獷渾濁的聲音屬於上海憲兵總隊長涌井光毅。及川上尉站在他背後。

本間轉身舉手敬禮，涌井總隊長睜大雙眼望著他。

「本間中士。聽說你爆炸時和及川分隊長一起，是嗎？」

「是的。」

「那你應該知道吧？這擺明著是向我們上海憲兵隊挑釁。你協助及川上尉著手調查此事。對了，要先找出炸彈的出處。」

「是。今後我將全力投入調查工作，找出此次事件的炸彈出處。」

「嗯，看你的了。」

涌井總隊長威嚴十足地點了點頭，帶著及川上尉離開現場。

從本間面前通過時，及川上尉朝他望了一眼，露出同情的表情。

本間一路目送到再也看不到總隊長的背影後，這才解除敬禮姿勢，無奈地嘆了口氣。

——竟然要我調查炸彈的出處。

他來到上海已三個月。

這段時間他學到一件事。

在這裡，只要有錢，在黑市裡要買多少炸彈都不成問題。不論賣方還是買方，對炸彈的用途根本都毫不在意。在這裡要找出炸彈的出處，就像在海邊撿到鈕扣，而要找出失主一樣。

——不，不單只是炸彈。

在這裡只要有錢，什麼都買得到。

而在上海，最便宜的就屬人命了。

3

隔天，本間接受了一名意外人物的訪問。

上海日日新聞

記者　鹽塚　朔

看到辦事員送來的名片，本間一開始感到納悶。

他應該不認識什麼外地記者才對，名片背後以潦草的鉛筆字寫了一句話。

——之前承蒙關照。

我看他是故弄玄虛。本間如此暗忖，本想將對方趕走，但他突然心念一轉，決定姑且見對方一面。

在辦事員的引領下走進上海憲兵隊事務所的人，是名身材細長、頂著一頭長髮、略帶脂粉味的俊美男人。男人在辦公室的入口處不安地左右張望，一看到本間，馬上露出鬆了口氣的表情，朝他走近。

「您好，好久不見了。因爲昨天在共同租界碰巧看見您，所以才……」

男人臉上泛著卑微的笑容，頻頻鞠躬哈腰，本間望著他，這才想起對方的身分。本間來到上海前，曾經擔任過一陣子特高刑警。

所謂的特別高等警察，通稱「特高」，是爲了取締國內的反體制活動，在警察內部設置的一種思想警察。

他們的目標主要是左翼活動分子，亦即所謂的「共產黨員」。本間擔任特高時，逮捕了許多思想犯，鹽塚朔也是其中之一。

當時鹽塚是東京帝國大學的學生，被視爲左翼支持分子。

鹽塚是因爲非常普遍的原因被逮捕的，他偷偷閱讀左翼雜誌之類的禁書。

在當時遭逮捕的左翼學生當中，有人相當頑固，令本間爲之咋舌；但鹽塚被逮捕後，馬上面如白蠟，渾身發抖，之後立刻改變立場。在他被逮捕的短短兩天後，他寫下一份切結書，聲明「今後將不再與左翼思想有任何關聯」後便獲得釋放。對鹽塚來說，左翼思想就像流行服裝一樣，不是什麼多了不得的東西，值得他用肉體和精神的痛苦換取。

當時負責審問鹽塚的人正是本間。

由於此事過於無趣，本間早已忘了，但從鹽塚特別前來拜訪一事看來，對鹽塚而言，那或許不是一件小事。

鹽塚被帶往接待室，看著款待他的日本茶，顯得相當侷促不安。

「您是什麼時候來上海的？早知道您到上海來，只要跟我說一聲，我就能帶您四處走走逛逛……」

鹽塚討好似地如此說道，本間苦笑著問他：

「你又是什麼時候到上海來的？上海日日新聞的記者？從那之後，你應該是眞的洗心革面，認眞工作，對吧？該不會在這裡又被不好的思想影響吧……」

「絕無此事！我眞的很認眞，認眞得不能再認眞了。」

鹽塚神色慌張地搖手否認。

「如果您懷疑我說謊，請看我寫的報導，裡面沒有一字一句是對日軍不利的發言。」

本間低頭朝鹽塚遞出的報紙瞄了一眼，旋即抬起頭問：

「那麼，你今天找我有什麼事？總不會是來找我敘舊的吧？」

「被您看出來了。」

鹽塚聳了聳肩，故意做出搔頭的動作。

「是這樣的，我想向您打聽一下昨天的事件……那場炸彈恐怖事件，是針對及川分隊長來的嗎？」

看他迅速取出筆記本和鋼筆的模樣，看來，他說自己工作很認眞，並非虛言。

本間考慮了片刻後，決定告訴鹽塚目前的調查情況。

「我們已經逮捕數名研判與這起事件有關的中國嫌犯，目前正在審問中。視情況而定，也許會採取略微粗暴的調查方式，他們早晚會招認。只要他們坦承罪行，當然近日內就會處刑。」

「原來如此。『嫌犯已遭逮捕』『目前正在偵訊中』，還有『近日內就會處刑』……」

鹽塚一面作筆記，一面低語，接著猛地抬頭道：

「炸彈的出處呢？」

「正在全力調查中。」

「正在全力調查中……」

鹽塚闔上筆記。

「這樣我明白了，報導只要照這個方向寫就行了對吧？」

——這傢伙……。

本間嘴角輕揚。

坦白說，調查根本沒半點進展。別說是炸彈的出處了，就連嫌犯是誰也毫無頭緒，但**這種事**絕不能出現在新聞報導裡。新聞報導得提到抗日恐怖活動的嫌犯一定會馬上被逮捕處刑。若不這麼做，居住在上海的日本人便無法安心度日。就算是不實報導，爲了讓居住在上海的國人能過得安穩，也只能請報導機關協助配合了。

「謝謝您的接見，今後也請多多幫忙。」

鹽塚道完謝站起身，正準備步出接待室時，似乎突然想起某件事，回身望向本間。

「對了，因爲您對我多方關照，我就提供您一個情報，當作回禮吧。」

「情報……？什麼情報？」

「我想總隊長應該還不知道這件事情才對。」

鹽塚如此說道，再度坐回沙發，湊向本間。

「是這樣的，我到爆炸現場採訪時，偶然發現一位意外的人物……」

鹽塚壓低聲音，神祕兮兮地說出一段讓人摸不著頭腦的話來。

昨天鹽塚到爆炸現場採訪時，從圍觀的人群中發現一張熟悉的臉孔。

他馬上想起此人是誰。

草薙行仁，

是他帝大時代的同學。

儘管他身穿當地中國人的服裝，但鹽塚不可能看錯昔日同窗的模樣。鹽塚感到無比懷念，所以走近對方想打聲招呼。但草薙一發現他，立刻轉身消失在人群中。

鹽塚擠進圍觀群眾中，在人潮推擠下，四處找尋友人的蹤影，但始終一無所獲。

——草薙看到我這個老同學，爲什麼急著逃跑？

鹽塚先是感到不解，這才想起某個和草薙有關的傳聞。

那是前些日子，鹽塚回日本時的事。一名帝大時代的同窗邀他一起喝酒。

那是在陸軍省主計課任職的朋友，平時少言寡語，但他有個毛老病，那就是幾杯黃湯下肚後，便多話了起來。兩人久別重逢，暢談往事，待酒酣耳熱後，那名友人突然道出此事。他說，最近陸軍內部出現一個奇妙的祕密組織。那組織不論要求多麼龐大預算，陸軍總是全部無條件支出，而且用途爲何，一概不曾上報。每次主計課都得爲了作帳而奔忙，哪有人那樣花錢的……。

那名友人醉醺醺地大發牢騷，接著搖了搖頭，抬起臉，以迷濛的眼神望著鹽塚。就在那時，他說出了某個名字。

——草薙行仁好像就在那個陸軍祕密組織內。

在陸軍省主計課任職的友人，一時說溜了嘴，說出這項祕密。

對鹽塚而言，草薙行仁是他從帝大時代起，便一直無法忽視的人物。因爲草薙聰明過人，而另一方面，草薙從不和人交朋友，總是喜歡獨來獨往，充滿神祕色彩。他有著一張白皙、冷峻、宛如能劇面具般的臉。當他走在校園內時，周遭的溫度彷彿會因此降低一、兩度。

沒人知道草薙是在什麼樣的家庭中長大。有人得意洋洋地說，「他是某個大人物在外頭和藝妓的私生子」，但此事眞僞難辨。

聽說他以優異的成績自帝大畢業後，到外國某所大學留學去了……

——草薙行仁是陸軍祕密組織的一員？

鹽塚一開始也沒當眞。向來不和人往來的草薙，會主動投入要求人際關係緊密的陸軍，實在教人難以置信。

他說出自己的感想後，陸軍省主計課的朋友再次搖了搖頭說，「不是。」地環視四周後，他就像在說什麼祕密似地悄聲說了些話，鹽塚聞言，這才使勁往膝蓋一拍。這麼一來他就懂了。

那名喝醉的友人悄聲對他說：

——草薙待的單位，是間諜培訓機關。

「你的意思是……」

聽完鹽塚的說明後，本間略顯不耐地開口道。

「你大學時代的朋友草薙行仁，此時以陸軍間諜的身分潛入上海……沒錯吧？」

「不愧是本間先生，一點就通。如何？這情報有點價值吧？」

「不過，這項情報有幾個疑點。」

「疑點嗎？」

「我沒聽說過最近陸軍內部設立間諜培訓機關的事。」

「這也難怪。因爲那是高度機密的組織。」

「如果眞的是機密，那麼，你那位在陸軍省主計課任職的友人告訴你這件事，也太奇怪了吧？」

「那是因爲我和他是帝大時代的同窗啊。跟別人不能說的事，也會對我說……就是這樣啊。」

鹽塚嘻皮笑臉地應道，本間望著他那平坦的五官，不禁蹙眉。

知識分子彼此之間這種莫名其妙的親近感，過去讓本間吃過不少苦頭。東京帝國大學畢業，這句話在他們這群人當中，有著魔法咒語似的功能，不管什麼門都打得開。就這層意涵來看，或許眞如鹽塚所言。不過……

「在上海的情報活動，有一部分是由我們派遣上海的憲兵隊負責。就算陸軍設立了極機密的間諜培訓機關，而且已經送出很多間諜，他們還是不可能在上海活動的。」

本間信心十足地說道，鹽塚聞言，一臉錯愕地說道：

「……您是認眞的嗎？」

本間頷首，鹽塚見狀，眨了眨眼，嘆了口氣道：

「本間先生，您聽好了。間諜原本就得祕密行動。派遣上海的憲兵隊根本就是在大門前高掛看板，光明正大地進行行動，實在很難稱得上是間諜。」

「話是這樣沒錯……」

「當然了，我知道上海憲兵隊的隊員不時會在街上微服出巡，從當地人口中蒐集情報，但**這件事連我們都知道**。您的英語和中文應該都很不錯，或許與人溝通無礙。但在上海人耳中，還是一聽就知道您是外國人。講白一點，只要看你對中國服裝的穿脫方式，就馬上知道您不是本地人。在上海居住多年的憲兵隊員當中，有人當自己已和當地人沒有兩樣，獨自在街上行走。但我們在一旁看了，著實替他捏了一把冷汗，只有當事人自己渾然未覺。舉例來說吧，光是看洗臉的方式，就已完全穿幫。」

「洗臉的方式……？」

「喏，日本人不是都這樣洗臉嗎？」

鹽塚雙手並攏，在面前上下擺動。

「這裡的人是這樣洗。」

這次他改為雙手並攏，臉部上下擺動。

本間微微蹙眉，聳肩說道：

「謝謝你告訴我。」

「不客氣。」

「陸軍內部眞的有你那位朋友所屬的祕密組織嗎？」

「D機關。」

「咦？」

「陸軍內部稱那個祕密組織為D機關。」

「這樣啊。」

本間頷首，他發現自己在不知不覺間，已完全被對方牽著走，不禁露出苦笑。他略微改變口吻問道：

「那麼，那個叫D機關的組織，到底打算在上海做些什麼？」

4

鹽塚離去後，本間獨自一人留在接待室。

他前方的桌上，擺著一張照片。

照片是鹽塚離去時突然想到，從公事包裡取出擺在桌上。

「這是我們帝大時代的團體照……草薙在這裡。這張照片我留在這裡給您當參考。」

鹽塚一面說，一面指著照片右後方，一名身穿學生制服的青年。

此人的長相相當端正。「有一張白皙、冷峻、宛如能劇面具般的臉」剛才鹽塚如此形容，確實沒錯。不過，本間從照片看草薙行仁，得到的卻是另一種更爲奇特的印象。

草薙雖然是正面拍照，但給人的印象卻像是斜向面對鏡頭。

雖是團體照，但看起來卻像在拍他的個人照。

本間驀然想起，他在特高時代，也曾經從幾名嫌犯身上感受到類似的印象。

不是共產黨員。

本間在特高時代逮捕了許多共產黨員，儘管有程度差異，但一定都可以從他們眼中看出狂熱之情。但草薙行仁那細長的雙眼，只映照出虛無。這表示……

這個男人除了自己以外，什麼都不相信。

本間如此判斷，心中頗感不悅。

若眞是如此，那可就棘手了。這些人爲了證明「這麼點小事，我應該辦得到」或是「這麼點小事，我當然辦得到」，不論再困難的工作，都能面不改色地放手一搏。根據鹽塚所言，陸軍內部祕密設立的間諜培訓機關裡，全是這樣的人……

本間雙臂盤胸，在腦中思索剛才從鹽塚口中聽聞的消息。

「D機關那班人好像將仿造得幾可亂眞的僞鈔帶進上海，金額高達二十五億，打算讓它流通到中國各地。」

剛才鹽塚回答本間的提問時，裝模作樣地左右張望，然後把臉湊近，壓低聲音如此說道。

——二十五億元？

乍聽此事，本間嘴巴張得老大。

這筆龐大的金額相當於日華事變爆發時，中國方面三年的軍事費用。倘若如此大量的假鈔眞的流入中國各地，中國馬上便會面臨通貨膨脹，經濟就此瓦解。

非但如此，

一旦二十五億元的龐大假鈔流入市面，中國的貨幣將對外失去信用。最後他們將無法從國外購買武器和資材，因而無法打仗。然而……「不戰而屈人之兵」說起來好聽，但這種偷雞摸狗的作戰方式一旦公諸於世，不僅軍方的強硬派，就連國內輿論也會痛罵這是「卑鄙的行徑」，這是不可避免的結果。

而且，爲了執行僞鈔作戰計畫，據說D機關的人還與青幫聯手。

青幫，或者寫作清幫，是中國國內的祕密民間組織，與國家權力無關。雖然規模不同，但它與日本的黑社會有些類似。中國自古便存在著許多民間祕密組織，其中，以揚子江沿岸及上海作爲根據地的青幫，號稱是中國史上最強大的民間祕密幫派，現今一手掌握中國各地的地下經濟。

他們主要的收入來源是鴉片。

昔日英國爲了修正他們與中國的單邊貿易，強行將鴉片引進中國，其造成的毒害，如今已擴及中國各地，特別是上海，到處充斥著染上鴉片毒癮的人。

不吃三餐，瘦得皮包骨，沒半點當人的自尊，一味沉溺在鴉片中。每次本間看到那群染上毒癮的人聚集在鴉片窟裡，總會感到全身發毛，說不出的嫌惡。而賣鴉片給民眾藉此賺取暴利的，正是青幫。

——和這種人聯手四處散播僞鈔，有什麼意義？

本間感覺就像被火燒炙似地煩躁不已。

話說回來，這場戰爭原本應該是爲了解救深受歐洲列強欺壓所苦的亞洲百姓才對，從什麼時候變成這樣……

——D機關？

本間再次朝桌上的照片瞄了一眼，喃喃自語。

照片裡的草薙行仁，看起來就像瞧不起這世界地嘲笑世上的一切。

陸軍裡的大人物找來這些人，到底想幹什麼？

本間望著照片，腦中聯想到幾個詞語。

惡靈（daemon）。

惡魔（devil）。

危險（dangerous）。

黑暗（darkness）。

每個詞語的開頭字母都是D，難道D機關的意思是……

本間猛然回神，露出苦笑。

——這也太蠢了，我到底在想什麼啊？

不知何時，周遭已陷入一片黑暗。

本間搖了搖頭，長嘆一聲，從沙發上站起身。

5

夜裡的上海，與白天的樣貌迥異。

南國耀眼的陽光從西邊天際消失的同時，街上亮起燦爛奪目的五彩霓虹，照亮了大路。街上的行人隨手揮開緊黏在一旁的乞丐，與身旁的人朗聲談笑。來路不明的小販站著兜售詭異的照片和地方名產，緊纏著路人，在人們耳邊悄聲低語。沒人知道他們究竟在賣些什麼。熱鬧的程度猶勝白天。到處都有年輕女人穿著以美麗刺繡裝飾的旗袍，緊緊包覆纖纖柳腰，站在一旁，朝路人投以別有含意的眼神……

本間走在橫貫共同租界的南京路上，一如平時，對這條街上那無視一切的生命力感到無比驚異。只要置身這樣的喧鬧中，便覺得此時正在中國各地展開的戰爭，還有連日來在上海發生的血腥恐怖事件，彷彿都不存在。

本間撥開人潮，往前走去，驀地，有個人影從岔路旁走出，差點與他撞個滿懷。

「對不起。」

本間急忙避開，與對方擦身而過後，他猛然一驚，停下腳步。

——剛才那個男人……？

雖然此人身穿中國服，還略微喬裝，但本間在特高時代訓練出的眼力告訴他此人就是照片裡的那名青年，草薙行仁。

本間馬上轉身，緊跟在對方身後。

在人群中跟蹤，只要小心別跟丟即可，就算距離很近，也不易被對方察覺，這樣反而容易跟蹤。

本間與對方保持數步的距離，一路尾隨。草薙似乎完全沒察覺有人在跟蹤他。

草薙撥開人群一路前行，幾乎目不斜視。

他沿著南京路走了半晌，來到兩棟建築間的窄路。

本間先停步，慢慢數到三之後，衝進同一條窄路裡。

那是一處石板地的巷弄。霓虹燈的亮光照不進這裡。他定睛凝視暗處，發現有幾個身穿破衣的黑影人。從他們面前走過的黑影，應該是草薙的背影。

走進巷弄裡，一股熏人的鴉片味，以及食物發酸的臭味撲鼻而來。有人突然從暗處一把抱住他，那是人稱「野雞」的下等妓女。本間一把推開女人，繼續前行。背後傳來低俗的臭罵聲，但本間拋出一些零錢後，馬上安靜無聲。他回頭一看，隱約可以看見那名彎腰撿錢的女人身旁，有個牙齒全都掉光，看起來像妖怪般的老太婆，正無聲地竊笑著。

本間穿過幽暗的巷弄，再次來到霓虹耀眼的大路上。

他環視左右，從人潮中發現草薙的背影。後者還是一樣目不斜視，快步行走。

草薙走進一座霓虹特別閃亮的建築內。本間抬頭仰望那鮮豔的霓虹看板，一時爲之躊躇。

他先是眉頭深鎖，但最後還是跟著走進去。

——舞廳是吧……

狂亂又響亮的喇叭聲，伴隨著震動地面的輕快節奏。

國籍不明的爵士樂團演奏著喧鬧的音樂，成群的客人在昏暗的舞池裡隨音樂擺動。他們擁著自己看上眼的美女，彼此身軀緊貼，腳踩舞步。

有英國人、義大利人、俄國人、日本人，甚至還有看起來像中國人的客人。

在上海的舞廳，不論是客人還是工作人員，都一概不問國籍，更無敵我之分，這裡只問有沒有錢。本間開門一走進舞廳，便有五、六十名令人眼睛爲之一亮的美女一字排開，恭迎大駕。那奢華絢爛的程度，本間剛來上海之際，也是大受震撼。

店裡工作人員頻頻前來想向他介紹舞伴，本間卻打斷他，要他帶自己到可以環視整個舞池的座位。

他巡視四周，發現草薙坐在舞池附近的座位，獨自一人飲酒。

他既沒和女人一起跳舞，也不像在等人。

——眼下也只能先觀察一陣子了。

本間拿定主意，叫來服務生，點了杯酒。

這時候也不能喝醉，所以他只端起威士忌淺嚐，這時，草薙起身。

本間的目光緊跟著他的動作。

草薙的身影消失在舞池深處一扇不顯眼的門後。

本間急忙起身，朝草薙追去，來到他消失的那扇門前。這時，店裡的服務生突然擋住本間的去路。

身穿黑衣的服務生儘管滿臉堆笑，卻一面說「No」地雙手伸向前方，堅持不讓他靠近那扇門。

——不讓人白白通過是吧……

本間微微皺眉。在上海，沒有錢買不到的東西。但要出多少錢，才能打開這扇門，他心裡沒個底。

儘管覺得不太放心，但他還是把手伸進口袋，想拿出錢包。這時，他指尖碰觸到某個冰冷的東西。

取出一看，原來是一枚硬幣。

本間側頭不解。

他完全不記得自己口袋裡何時放了這個東西……

猛一回神，他發現那名服務生正專注地望著那枚硬幣。本間靈光一閃，將手中的硬幣遞向那名服務生。

身穿黑衣的服務生接過硬幣，仔細檢查正反兩面後，抬起頭來，身子側向一旁，爲本間打開那扇門。

本間走進後，背後那扇門立即關上。

裡頭像迷宮般，垂放著許多厚重的布簾，本間一一撥開它們前進。接著突然來到一處寬廣的房間。

房內瀰漫著嗆人的紫煙，視野變得一片白茫。

附近的桌子傳來輪盤的轉動聲，隔了片刻，哄然響起一陣歡呼聲。緊繃的空氣隨之緩和，接連傳來籌碼移動的清脆聲。

——這是……

本間這才明白自己來到什麼地方。

原來這裡是會員制的祕密賭場。剛才那局輪盤的賭局，肯定是投注了足以葬送某人一生的可怕金額。

突然有個酒杯遞至他面前。

本間爲之一驚，朝對方望去，眼前站著一名朱唇紅豔的美少女。

「謝謝……」

接過酒杯後，對方嫣然一笑地離去。

從背後看那名身穿緊身旗袍的少女，發現她的腰身無比纖細，看來相當中性，就像是……

不，**那人不是少女**。由於塗口紅的緣故，讓本間一時誤會了對方的性別，其實那是一名少年。看來，在這座賭場裡，眉清目秀的美少年會塗上口紅，身穿女性旗袍替客人服務。

本間朝少年的背影注視了半晌，接著暗啐一聲，搖了搖頭。此時不是爲這種莫名其妙的事分神的時候。

他以手中的酒杯遮住臉，沿著牆邊移動，盡可能不引人注意地以目光搜尋草薙的身影。

不在，這張賭桌上也沒看到他人。

他去哪兒了？

本間環視房內時，突然有個意想不到的人映入他眼中。

一名兩旁站著外國美女，左擁右抱地全神投入賭博中的男人。他放鬆地喝著杯裡的酒，朗聲大笑……

本間難以置信，看得雙目圓睜。

6

明明才早上九點，但房內的空氣卻像黏在身上似的，酷熱難當。裝設在天花板上的巨大風扇，只是在攪動一團悶熱的空氣凝塊。

憲兵中士本間英司腋下夾著憲兵帽，立正站好，他黝黑的臉龐從剛才起就一直冒出豆大的汗珠。

本間將視線移向坐在辦公桌對面的憲兵上尉及川政幸，他還是一如以往在心中暗暗咋舌。

及川上尉讓本間在一旁等候，自己則翻閱著今天一早從陸軍大本營以船運送來的文件資料，但令人吃驚的是，他額頭連一滴汗也沒有。

及川上尉從文件中抬起頭來，朝掛在牆上的時鐘瞄了一眼後，開口道：

「不好意思，讓你久等了。」

「不，沒關係。」

本間立正應道。

「你找我有什麼事？」

及川上尉雙肘撐在辦公桌上，十指交纏地問道：

「你是想私底下向我報告這次事件的眞相嗎？」

「是。關於這件事……」

走到了這一步，本間躊躇了起來。

像現在這樣站在清早明亮的陽光下重新思索，令他覺得自己的想法實在既愚蠢，又荒唐無稽。

本間打定主意，雙眼筆直注視著及川上尉鼻梁挺直、膚色白淨的臉孔，開口道：

「此次的事件全是及川上尉的**自導自演**。」

及川上尉表情沒有任何變化，仍舊以他那沉靜、宛如學者般的冷峻眼神凝視著本間。

本間雖然覺得坐立難安，但還是鞭策自己繼續往下說。

「那場爆炸風波是及川上尉您在自己家中裝設炸彈造成的。您爲了掩飾自己的罪行，而佯裝成是上海近來頻傳的抗日炸彈恐怖事件，將自己的房子炸毀。爲此……」

「我的罪行？」

及川上尉微微蹙眉低語道。

「那是……」

「算了，無所謂。你繼續說。」

「是。爲此，許多無辜的人遭受波及而死。」

本間在說到這句話時，及川上尉突然嘴角輕揚，露出詭異的笑容。

「你指的該不會是那兩個總是坐在我家門前的乞丐吧？還是老是吵著要我坐他車的那名黃包車車夫？或是到我家幫傭的阿媽？如果是這樣，你就錯了。那個阿媽每次來，都會偷走我一些小東西。這上海有哪個人是清清白白，完全無罪？況且，就算他們死了，也沒人在乎。」

「那麼，您這算是承認吧？承認您在自家裝設炸彈？」

中間停頓了半晌。

「……是又怎樣？」

語畢，及川上尉慵懶地往後靠向椅背。剛才那沉靜、冷峻的表情就此出現裂痕，從縫隙中露出另一張陌生男人的臉孔。他那冷笑的表情，不顯一絲內疚……

在道出自己想法之前，仍對此半信半疑的本間，這下終於確認自己親眼目睹的那一幕並不是夢。

那天……

本間跟蹤草薙行仁來到一處會員制的祕密賭場，看到一名令他難以置信的人物在場。那是兩旁站著外國美女，左擁右抱並興奮地臉泛紅潮，投入賭博中的**及川上尉**。

本間若無其事地向附近一名英國人詢問，得知及川上尉是這間賭場的常客。

但不可能有這種事。

在會員制的祕密賭場裡一擲千金，足以毀了一個人的一生。就算有機密費的補助，但這實在不是一名日本憲兵上尉可以常來的地方。

本間耳畔突然傳來如雷的歡呼聲，好像是有人玩輪盤中了大獎……

他腦中浮現一個奇怪的疑問。

那就是及川上尉家發生炸彈恐怖事件的時候。

爆炸發生的瞬間，本間馬上伏身臥倒，在及川上尉出聲叫他前，他動都不敢動。本間當時以自己的怯懦爲恥，但事後仔細一想，那反而是理所當然的行動。前些日子，滬西地區憲兵分隊隊員才親眼目睹那棟有好幾家日本企業入駐的大樓，遭數發迫擊砲擊中，因而崩塌。當時及川上尉也在現場。既是這樣，猜測接下來還會有第二發、第三發砲擊，也是理所當然的事。

但及川上尉卻在爆炸發生後，毫不遲疑地衝向窗邊。如果當時及川上尉早就知道不會有第二次爆炸的話……

悄悄走出賭場的本間，接下來花了三天的時間徹底展開調查，他發現滬西地區憲兵分隊的保管庫裡有大量的鴉片不翼而飛。

及川上尉將憲兵隊在正規活動中所扣押的鴉片暗中運出轉賣。賺得的錢，就成了他在上海夜生活玩樂的費用……

及川上尉就像變了個人似的，放蕩地冷笑，本間忍不住移開目光，不敢看他。

——在上海待五年，實在太漫長了。

這並不是普通的五年。

這段時間，日軍與中國軍在上海展開激烈的軍事衝突，結果原本派遣來維持軍紀和保護當地日本人的上海憲兵隊，被迫執行蒐集當地情報、對付以日本人為目標的恐怖分子的未知任務。

上海治安最差的地方，就屬滬西地區了。擔心會在人群中遭到陌生人暗殺的緊張感，總是如影隨形。而另一方面，一到晚上，上海又轉換成蠱惑人心的面貌，誘惑著上海的居民。

及川上尉為人認眞，又有潔癖，總是力求完美執行任務的個性，最後**毀了他自己**。

憲兵基於任務性質，得出入各種場所。餐飲店、舞廳、鴉片窟、妓院，還有賭場。

及川上尉當初應該也是為了取締才會去到那間會員制的賭場。

但他卻敗在誘惑之下。站在賭場經營者的立場，能賣個恩情給以軍事手腕統治上海的日本憲兵隊分隊長也不壞。他一開始故意讓及川上尉贏錢，也許還獻上上等好酒加以祝賀，或是以美女相贈。之前總是認眞執勤，從不好好玩樂的及川上尉，就此成了俘虜。有人悄悄在及川上尉耳邊說道，「你們的保管庫裡放了好多鴉片。可否轉讓一些給我？我可以介紹您更好玩的。」

從那之後，及川上尉就和上海一樣，有晝夜兩種不同的面貌。

白天，他戴上分隊長的面具，冷靜沉著，充滿責任感。

晚上，他是個縱情歡樂的男人，追求無盡的欲望。

這兩種面貌有著極大的落差，反而沒人發現。

但這時，有人發現保管庫裡的鴉片數量與記錄不符。

此人正是憲兵伍長宮田伸照。

他並不是在調查憲兵隊內的內奸，

而是追查保管庫消失的鴉片下落。

——是憲兵隊內部的人私自運走鴉片。

正確得出這項推論的宮田伍長，作夢也沒想到，分隊長及川上尉竟然會監守自盜，運出鴉片，而他還主動向及川上尉報告鴉片失竊的事。於是他奉及川上尉的指示，獨自祕密調查此事。

而就在一星期前。宮田伍長在滬西地區巡邏時，遭人從背後開槍射殺，倒臥在血泊中。

可能是在宮田伍長查出眞相前，及川上尉先下手爲強。

儘管上海憲兵隊全力調查此事，還是找不出殺害宮田伍長的凶手……

一路展開調查的本間，突然想到某個可能。於是再次前往那座祕密賭場所在的舞廳，找來負責人。在本間的**套話**下，對方坦然供稱，他有一名負責服侍及川上尉的少年，幾天前突然下落不明。

「你們分隊長想對他怎樣，是他的自由。不過，他要是沒付我錢，那我可就傷腦筋了。」

舞廳的負責人聳了聳肩，晃動他那圈肥肚。

這時，本間對於那名行蹤不明的少年做了什麼事，以及他後來的下場已了然於胸。及川上尉給了少年一把槍，命他佯裝是抗日恐怖分子，射殺出外巡邏的宮田伍長。接著再殺害那名射殺宮田伍長的少年殺害，讓他混進那群屍體中。

那場爆炸事件，就是他爲此自導自演的一齣戲。

只要沒找到射殺宮田伍長的凶手，上海憲兵隊就會以持續調查殺害同伴的凶手爲第一要務。至少在這段時間，沒人會注意保管庫裡的鴉片。而且，憲兵隊地區分隊長的住家遭人炸毀，會讓眾人覺得抗日恐怖事件頻傳，因而認爲宮田伍長遭射殺一事，也是恐怖分子所爲。

而且及川上尉若無其事地向總隊長透露，在住家遭炸毀時，他正好與本間在一起，替自己製造了不在場證明。那天早上，及川上尉先讓本間在一旁等候，並不時窺望牆上的時鐘，其實是在估算限時裝置引爆炸彈的時間。

但遺憾的是，這是D機關的草薙行仁向本間透露眞相，他才意識到的。

當天，草薙故意讓本間跟蹤他。

怎麼想都只有這個可能。舉例來說，那不知何時落入本間口袋裡的陌生硬幣（會員制祕密賭場的入場券），是開始差點撞上草薙時，草薙偷偷放進他口袋。要不是有那枚硬幣，他甚至不得其門而入。而且草薙故意讓本間跟蹤自己，讓他目擊及川上尉在賭場裡的模樣……

不僅如此。

本間向上海日日新聞確認後，得知那裡的確有鹽塚這名記者，但那天剛好**離開上海**採訪。

與本間碰面的人是**假冒的鹽塚**。

對方之所以刻意假冒鹽塚的名字和經歷，是爲了搏取本間的信任。本間一聽說來見他的人，是自己以前逮捕過的人，便輕易地解除戒心，也不進一步確認對方身分，便相信對方說的話。爲了掩飾更大的謊言，得在當中略微加進一些眞實。眞正的鹽塚可能眞的在前些日子返回內地時，從他在陸軍省主計課的朋友口中聽說關於D機關的傳聞。草薙反過來利用這項洩密的事實，煽動本間對D機關的戒心，並讓他看照片，計畫讓他跟蹤自己。

草薙利用本間來揭發及川上尉的罪行。

爲什麼？

及川上尉的存在與D機關準備在上海展開的僞鈔作戰抵觸，也可能是一手掌控鴉片通路的青幫認爲及川上尉很礙事。

——憲兵隊的問題，就讓憲兵隊內部自行處理。

就算他們打這個主意，也不足爲奇。

但及川上尉算是個傑出人才，甚至還和陸軍中將橫澤的千金敲定了婚事。就算告訴東京的憲兵隊總部這個男人被上海給迷了心竅，也沒人會相信。只有了解上海這個城市，呼吸著這裡的空氣的人，才能明白及川上尉的行徑。話雖如此，要是讓那個無能的涌井總隊長知道此事，不知道會引發何等軒然大波。於是草薙才向「待過特高」的本間透露眞相，**催促**他處理此事。

及川上尉倚著椅背開口道：

「那麼，你想要怎樣？」

「請公開宮田伍長死亡的眞相。」

本間說出事先便想好的台詞。

「當然也包括射殺宮田伍長的凶手後來的下場。」

「如果這麼做，運氣好的話，我會被調職；運氣差的話，我會被送軍法審判。」

及川上尉聳肩說道：

「和橫澤中將家千金的婚事，也會就此告吹。」

「那也沒辦法。」

及川上尉的眼睛瞇得像細線般，凝視著本間，但接著他突然嘴角輕揚：

「你要如何讓人相信？」

「咦？你說什麼……」

「你說一切都是我一手安排，卻沒半點證據。只有你的片面之詞。如果你今天死在這裡，一切將會就此消失於黑暗中。」

本間感覺到背後的門悄然開啓。

——原來如此……

他不用回頭，也猜得出誰站在他身後。

是憲兵上等兵吉野豐。

他就是先前在爆炸現場怔怔地望著那名中國少年的屍體，本間出聲叫喚時，便神色慌張離開現場的那名鄉下出身的高大男人。

本間在調查過程中得知吉野上等兵是及川上尉的共犯。

從保管庫運出鴉片時，及川上尉利用吉野上等兵來幫他搬運。當然了，吉野上等兵也分得一筆相當的報酬。

看過宮田伍長的例子，本間當然不難想像，這兩人打算讓察覺眞相的他就此從世上消失。若眞是如此，此時吉野上等兵或許已持搶瞄準自己背後……

本間看著前方，緩緩一字一句地說道，讓他身後的人也能聽見。

「如果我死了，寫下眞相的那封信就會寄送到兩個人手上。」

本間死也不會說究竟寄給誰。

兩人分別是租界警務處的詹姆士探長和上海日日新聞的鹽塚。

就算信寄到他們手中，他們會採取行動的可能性還是微乎其微，但只要及川上尉不知道信會寄給誰，就不敢輕舉妄動。

及川上尉側著頭露出沉思的模樣，接著他高舉著雙手。

「我投降。就照你說的話去做吧。」

這大大出人意料的舉動，反而令本間起疑。

「您……該不會是打算自裁吧？」

「自裁？」

及川上尉一時啞然，接著他低聲發笑。

「怎麼可能。不管是被調職，還是接受軍事審判，那又怎樣？你聽好了，我在上海這五年，只學到一件事，那就是人不管犯了什麼罪，遭受多大的恥辱，一樣**可以活下去**。更何況，我只是不能和陸軍中將的千金結婚罷了，哼，我幹嘛非死不可？」

語畢，及川上尉望向本間背後。

「好了，把槍放下。你也聽到了吧？宴會結束了。很遺憾，天底下沒有不散的宴席……」

話說到一半，及川上尉陡然睜大雙眼。

「你幹什麼……」

砰。

耳邊響起一聲清響，本間頓時全身僵硬。

——我被射中了嗎……？

但緊接著下個瞬間，本間看到坐在他前方椅子上的及川上尉，胸口有一圈血紅向外擴散。

他驚訝地回頭。

吉野上等兵右手握著槍，槍口筆直地對準及川上尉。

砰、砰。

屋內再度響起兩聲清脆的槍響，每次及川上尉的身體都隨著槍聲從椅子上彈起。他那圓睜的雙眼，已失去活人的光芒。

「住手，吉野上等兵！」

吉野上等兵因本間的叫喚，而緩緩轉頭面向他。吉野臉上泛著奇怪的表情，彷彿這才發現本間在場，因而對此感到不可思議。

「吉野上等兵，你爲何朝及川上尉開槍？」

「……爲了替我的愛人報仇。」

吉野上等兵以機械般的聲音回答。

「愛人？你說的是誰……」

本間話說到一半，腦中陡然浮現幾個事件的畫面。

塗著鮮豔口紅的朱唇。

遞上酒杯的**美少年**。

怔怔地望著少年屍體的吉野上等兵。

蝶形的胎記。

少年屍體上的蝶形胎記位於平時穿上衣服就看不到的位置。吉野上等兵所說的愛人，難道是……

「等等，吉野……」

本間向前跨出一步，但吉野上等兵已搶先用槍口抵向自己太陽穴，扣下扳機。

他眼前躺著兩個被魔都給迷了心竅的男人屍體。

——你有能耐處理這樣的情況嗎？

在暗處有一雙眼睛以試探的眼神凝視著本間。

XX

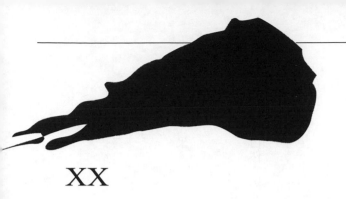

1

不好意思。可以給我杯水嗎……？因爲他竟然就這麼死了，實在太教人意外了……

謝謝。我現在冷靜多了。……沒事……我已經沒事了。我會把我知道的事，全部說出來。

那天，我和他約在我住的公寓見面。

我已事先將公寓鑰匙交給他。他因爲工作的緣故，總是很忙碌，我常獨自在家，所以自然常約在家裡見面。

那天，我看練習的時間可能會比平時來得久，於是從外頭打了通電話回家。時間應該是下午兩點左右吧？是他接的電話。

……現在回想，當時他很罕見地表現出消沉的模樣，說話的聲音感覺很陰沉。但當時我有事要忙，所以只跟他說我會晚點回家，就掛斷電話。要是當時我能察覺的話，也許就不會發生那種事了。

我記得好像是三點過後練習才結束。

然後我馬上打電話回家，但沒人接聽。

我心想，這麼晚回來，他可能已生氣離開了，因爲之前也常發生這種事，所以我決定邀好友美代子一起回家。因爲家裡還有吃剩的蛋糕，所以我想和她一起享用。

我打開門一看，他那雙大皮鞋就這麼脫在玄關。

美代子見狀，很識趣地說一句「那我先走吧」，打算離開。我留住她，朝屋裡叫喚。但沒人回答。美代子可能也覺得古怪，我們面面相覷，一起走進屋內。

走進廚房後，最早映入眼中的，是地上那灘鮮紅的血水。

然後是他躺在椅子旁的身影。他臉上露出痛苦的表情，樣子眞是可怕至極！膚色變成紫色，圓睜的雙眼，翻著白眼……

一看就知道他已經死了。

我恐怕一輩子都忘不了那幕光景，但當時因爲太過可怕，我腦中一片混亂，六神無主……

接下來一直到美代子替我報警這段時間，我好像都呆立原地，雙手掩面，不斷放聲尖叫。

2

「死者是德國人卡爾・史耐德。對外的身分是德國知名報社『Berlin Allgemeine』的海外特派記者，但他同時也是一名十分特別的間諜。」

飛崎一面報告，一面環視周遭。

那是一處約五坪大小，四面都是白牆的小房間。在緊閉的房間中央，設有一張細長的書桌，數名參與會議者圍坐在桌子四周。

在座幾乎都是二十多歲的年輕人，和飛崎年紀相仿。他們分別靠著椅背、盤起雙臂、手肘抵在桌上、手撐著下巴，嘻皮笑臉，也有人是一臉認眞地聆聽飛崎報告。

長桌的一角，一般稱之爲上座的地方，只有一名年長的清瘦男人坐在那個位子上。那人年約五十。以日本人來說，他的五官深邃，面容端正，打從會議開始就一直閉著雙眼，不發一語，乍看還讓人以爲他是在打瞌睡。不過……

現場沒有一樣東西是眞的「表裡如一」。

這時候要是有個不清楚實情的人偷看這個房間內的話，光憑每名與會者的西裝頭，以及西裝筆挺的模樣，一定會以爲這是某個民間企業在進行商業會議。

但事實上，包括報告人飛崎在內，與會者全都是隸屬大日本帝國陸軍的高級軍官。

飛崎弘行少尉。

原則上是如此。

不過，他的官名以及一經人詢問便可隨口說出的資歷，其實也都是來這裡時所刻意安排的僞裝。此刻在聆聽飛崎報告的「同期」，例如葛西、宗像、山內、秋元、中瀨等人，也都是一樣的情況。

而那名年約五旬，坐在上座閉眼聆聽報告的清瘦男人是結城中校。他是飛崎等人的直屬長官。昔日是一名優秀間諜的結城中校，在退下間諜工作後，力排陸軍內部的強烈反彈聲浪，獨力創設了「陸軍間諜培訓學校」，通稱「D機關」。

最初的一年缺乏預算，用陸軍停用的鴿舍改建成的破房子充當培訓場所。但過了不久，他們已能隨意使用原本參謀總部一直扣住的龐大機密經費，如今他們在東京郊外擁有一棟鋼筋水泥建造的三層大樓，以此當根據地。

大樓一樓只掛著一塊不起眼的招牌，寫著「大東亞文化協會」。

結城中校甚至對掌控其財源的陸軍參謀總部嚴格下令，「不管是誰，都不准穿軍裝在這棟大樓進出。」所以外面的人根本不可能知道「大東亞文化協會」其實是陸軍的間諜培訓學校。

而這種近乎神經質的僞裝，正表現出結城中校想培訓的間諜本質。

——間諜是隱形人。

這是結城中校的口頭禪。

獨自一人留在陌生的外國土地上，融入當地，不讓人知道自己的眞實身分，完全依靠自己的判斷蒐集該國的情報，加以分析，暗中送回國內。這正是當一名傑出間諜的條件。

「執行任務的時間爲五年、十年、二十年，視情況而定，有時甚至得接連好幾代都執行任務。間諜讓人知道他的存在時，就是任務失敗的時候。」

飛崎當初在接受D機關的審核考試時，結城中校凹陷的眼窩深處閃動著晦暗的光芒，如此說道。

你們絕對要捨棄出人頭地這種世俗的念頭。

成爲間諜，就是這樣。

低調、不起眼、像影子般的存在。如果這是間諜的一種理想形態，那麼卡爾．史耐德就是有著強烈對比的另一種類型。

三年前，卡爾．史耐德以德國知名報社海外特派員的身分赴日，在東京市區內租了一棟兩層樓建築，連日邀請許多人在家裡舉辦派對。

酒食徵逐，縱情狂歡。留聲機的樂音一直響到三更半夜，許多藝妓和來路不明、國籍與性別形形色色的自由藝術家，頻頻在他家中進出。

在這世界情勢緊張的世道，日本憲兵隊全面監視新來乍到東京的外國人，製作了一份詳盡且機密的「外國人登錄書」。

憲兵隊對這名行徑誇張的德國人相當有意見，他們對史耐德展開了非比尋常的嚴密調查。最後製作了一份詳細的外國人登錄書，裡頭記載了許多不曾對外公開的事實，諸如他是極爲祕密的納粹黨員、與蓋世太保有接觸、除了德語外，還能流暢地使用英語、法語、俄語、日語、北京話、廣東話，是個語言學天才。

「研判卡爾．史耐德被派來日本，是爲了撰寫迎合納粹意向的報導。」

憲兵隊員在登錄書最後寫卜如此一針見血的意見，不過，他們似乎作夢也沒想到，這名酒量過人、沉迷女色、喜好奢華、行事作風特別引人注目的德國人，竟然會是名**優秀的間諜**。

史耐德之所以會被安上間諜的嫌疑，完全起自一個偶然的契機。

一名被懷疑是共產黨員而遭到逮捕的日本人，因耐不住特高警察的嚴刑拷打，而供出史耐德的名字。

——卡爾．史耐德是爲蘇維埃共產黨效力的間諜。

起初沒人相信他的證詞。

史耐德在駐日的德國大使館內有多名好友，常在大使館內進出。而且他是祕密納粹黨員，還與蓋世太保有接觸。

像他這樣的人，如果是爲盟友德軍效力的間諜倒還另當別論，現在卻偏偏說他是蘇維埃共產黨的間諜，這怎麼可能？

這一定是被逮捕的人受不了痛苦，爲了逃避拷問隨口亂說。

這是憲兵隊下的結論。

但爲了謹慎起見，他們還是嚴密監視史耐德，結果查出令人驚訝的事實。

史耐德的目的似乎是要查探**德國在遠東日本**的動向。對日本來說，此時揭發史耐德的雙面諜行徑，並無多大的利益可圖。倒不如說，此事若公諸於世，反而會被認爲日本憲兵隊這三年來一直沒察覺史耐德的間諜行爲，能力大有問題。

還有其他問題。

史耐德不只在德國大使館吃得開，就算在日本陸軍高層也人面甚廣，而且他在各國大使和高級軍官的妻子當中，頗受歡迎。要證明他是雙面諜，不僅困難重重，一旦證明此事屬實，想要保住德國大使和陸軍高層的顏面，幾乎是不可能的事。

而另一方面，蘇聯大使館表面上應該也會採取一概不知的態度……

相關人士橫跨三國的雙面諜，「處理」起來得格外謹愼，是極爲敏感的人物。這已是政治領域，遠非憲兵隊所能處理。

憲兵隊與陸軍參謀總部、外務省，一再進行祕密會議，最後達成協議，認爲暗中逮捕史耐德，私下拿他與目前被蘇聯逮捕的日本俘虜交換，這樣的作法就算不是最好，也算過得去。

但在那之前，至少得先掌握史耐德是雙面諜的確切證據，並「找出」他在日本所安排的聯絡人和內應。問題是……

要由**誰**來處理。

這是不能公開表揚功勞的任務。而且一旦失敗，要背負的責任，光想像就教相關眾人害怕。

彼此互踢皮球的結果，最後這燙手山芋丟給了D機關。

——這是清理間諜的工作，就由間諜來處理吧。

他們將這棘手的任務丟給D機關時，就只說了這句話。

3

「這件事由你處理。」

飛崎被結城中校召見，如此下令時，他馬上察覺出上司的言外之意。

——畢業考。

一定是這樣。

D機關既然是一所間諜**培訓學校**，在此接受訓練的人，勢必得「畢業」，成爲獨當一面的間諜才行。事實上，和飛崎一起受訓的學生當中，已經有幾人從D機關「畢業」了。

不過，這些人接獲何種任務，被派往何處，或是因爲什麼理由離開D機關，在校生一概不知。

他們會在某天突然不見蹤影，也許再也無緣相見。

不過，在他們消失前，結城中校一定指派了他們執行某項任務。

——地點和任務，視畢業考的結果而定。

這是留在D機關裡的人心中都明白的事。

他遵照先前的訓練方式，迅速看完指示書，將它歸還後，結城中校那凹陷的眼窩深處，一雙細眼微睜，問道：

「你知道該怎麼做嗎？」

飛崎默默頷首。

結城中校閉上雙眼，深深靠向椅背，一臉疲憊地開口：

「……既然知道，就馬上著手進行吧。」

不用他說也知道。

飛崎步出辦公室外，馬上開始進行。

首先是掌握證明史耐德雙面諜身分的關鍵證據。

既然已經確定目標物，就某個角度來說，這是項簡單的工作。

從事諜報活動，交換情報是最重要的工作，史耐德應該也會以某種形式將到手的情報送回國內。

只要是從日本國內發出的國際電報都會以遞信省（註）接往D機關的祕密線路記錄下所有內容。而打到國外的電話，則是全部集中在牛頓電話局，電話線同樣也接往D機關，留下記錄。

這當然是不能對外公開的**非法**竊聽，但既然D機關本身的存在就是一項機密，質疑其合法性根本毫無意義。

飛崎再次調閱史耐德的發信記錄，成功挑出幾份可疑的通訊。

他同時也確認過史耐德的書信。

寄往國外的信件，包括外國大使館寄出的書信，全部都會先集中放在中央郵局後，再統一寄往D機關。D機關以完全不留痕跡的特殊方法拆信，複印其內容後，於兩個小時後將它恢復原形，送還中央郵局。

不用說也知道，這同樣是非法的行爲。

經仔細的調查後得知，史耐德在乍看之下平凡無奇的文字內容中暗藏密碼，以極其巧妙的方式書寫機密情報。

另外他們在調查過程中，還扣押了一項關鍵性的證據。

他們老早便知道東京地區有一處非法的無線電發送所，會發送密碼文件。透過三角定位法，雖然鎖定出目標處兩公里範圍內的地區，但由於對方發信時間很短，無法進一步追蹤。不過，持續暗中監視史耐德的飛崎，某天確認前者從他租借的漁船中發送無法解讀的無線電密碼。

註：日本戰前的中央政府機關之一，主管通信、交通、電力等業務，存續時間爲一八八五～一九四三、一九四六～一九四九（這段期間只管轄通信業務）。

與蘇聯情報機關所用的周波數相吻合。

這麼一來就很確定了。

不進行情報交換的間諜，無法稱之爲間諜。但是就算再優秀的間諜，在發送情報或接收情報的瞬間也非得脫下僞裝的面具，暴露出間諜的眞面目不可。

——間諜一旦被人懷疑，一切就結束了。

結城中校常掛在嘴邊的眞實情況，此刻就呈現在他面前，飛崎感到背脊發涼。反過來說，這項證據也顯示出過去史耐德有多麼受人信任，不被懷疑……

「卡爾．史耐德所選擇的『僞裝』前所未見，如果不是他被安上間諜的嫌疑，別說是憲兵隊，恐怕就連我們也不會發現到他的間諜行動。」

飛崎持續對與會者報告——不，倒不如說他是對闔眼的結城中校報告，與會者手中完全沒任何文件資料。在D機關裡，報告書和資料一律都是看過之後便馬上歸還，嚴禁筆記。

「對史耐德來說，酒、女人、連日的派對狂歡，正是他瞞過日本憲兵隊的手段。他與祕密工作員見面時，一定會舉辦盛大的派對，讓他們混在其他人當中。整晚將留聲機的音量開到最大，爲的是讓屋內裝設的竊聽器失去作用。」

以明目張膽的作風來消除別人對他的懷疑。

這是顚覆間諜舊有常識，出人意表的奇招。

史耐德來到日本，這三年來一直都用這項奇招，成功躲過日本憲兵隊多疑的目光，有效率地在東京架起機密的間諜網。同時他與德國大使館以及日本陸軍保有緊密的關係，提供一些無關緊要，不會損及蘇聯利益的情報，並持續向蘇聯傳送德國方面的重要情報。放長線釣大魚。

雖然他是敵人，但手腕過人，連飛崎也不禁爲之佩服。

但史耐德身爲間諜，既然遭人懷疑，就如同赤身裸體暴露在敵人面前一樣。

他苦心建立的日本間諜網，已被掌控。

再來就是祕密逮捕史耐德，避免打草驚蛇。飛崎持續監視史耐德，找尋下手的最好時機。然而……

結城中校仍舊闔著眼，從他走進屋內後，第一次開口。

「發現自己被人監視的史耐德，有沒有可能是因爲認定自己無法逃脫而自殺？」

「這個……」

飛崎頓時吞吞吐吐，與會者的目光全往他身上招呼過來。

眾人的視線中完全感受不出任何情感。

——目標物在被逮捕之前死亡。

這是D機關的學生「絕不該有的疏失」。

4

「首先，」

隔了一會兒，飛崎這才緩緩開口道：

「就當時的狀況看來，我不認爲史耐德已發現我在監視他。」

那天……

在飛崎持續進行監視的公寓房間裡發生了一場騷動，而飛崎得知史耐德死在房裡的消息，愣在當場，幾乎動彈不得。

不可能。

這是他當下的第一個念頭。

他的第一個反應不是**不能發生這種事**，而是**不可能**。

之後，飛崎多次回顧自己的行動，但他始終不認爲自己犯過什麼疏失。

那麼，又怎麼會發生這種不可能的情況？

他百思不得其解。

經過一番痛苦的抉擇後，飛崎主動向結城中校提議，召開這場有可能成爲批判大會的會議，爲的是公開那「看不見的眞相」。

「可是還有遺書的問題。」

坐在飛崎對面的葛西，以冷漠的口吻說道。雙眼細長、雙唇豔紅、個頭嬌小的葛西，在同期學生當中，素以「精明幹練」聞名。

「目標物在自殺時留下遺書。沒錯吧？」

眾人的目光再次往飛崎聚集。

正如葛西所言，剛才傳閱的資料中，包括一份像是史耐德留下的「遺書」翻拍照片。

我對人生感到失望。決定一死。

在信紙上以平假名寫成的遺書，整齊地放在史耐德自殺的公寓餐桌上。

正因爲有這份遺書的存在，警方才斷定史耐德是自殺。可是……

對警方來說，死者不過是「德國一家知名報社的海外特派員」。

憲兵隊、特高，以及一般警察所處理的案件的分界非常模糊，三者互爭地盤的情況相當激烈，所以彼此不可能分享取得的情報。

警方並不知道史耐德的另一面，既是如此，他們自然沒理由懷疑他不是自殺。

結城中校剛才發問後，便深深靠向椅背，盤起雙臂，閉目瞑思。飛崎瞄了他一眼，繼續說道：

「史耐德是個很傑出的間諜。發現我在監視他，卻選擇了自殺，未免不太自然。」

與會者應該都能理解他話中的含意。

除了戰場外，再也沒比有人喪命更吸引周遭眾人注意的事了。

——不自殺。不殺人。

這是進入D機關的學生一開始便被灌輸的「第一戒律」。

聽說當初設立D機關時，在陸軍內部引發了一股異常猛烈的反彈聲浪。

其中一項原因，當然是日本陸軍認爲間諜行爲「卑劣」「變態」的傳統價值觀所造成。

不過原因恐怕不只如此。

在軍中，殺敵或是被敵所殺向來被視爲一種默契，而公然否定殺人與被殺的D機關，是會讓周遭跟著腐敗的「危險異物」。陸軍肯定是在無意識裡發現了它的本質，才會本能地感到厭惡，而有了這麼大的反彈。

「不過，」

葛西等到飛崎停頓的空檔，再次開口道：

「如果不是自殺，就可能是意外事故或他殺。倘若是意外事故，應該不會留下遺書。換句話說，你的意思是史耐德是他殺，而遺書也是假造的？」

「我只是說，爲了謹慎起見，應該確認是否有這個可能。」

飛崎不悅地回答：

「史耐德是德國與蘇聯的雙面諜。以他的身分，不管什麼時候被蘇聯和德國的情報機關所殺，都不足爲奇。當他意外死亡時，確認是否有他殺的可能，並非無謂之舉。」

「不過，眞要這麼說的話，你的行動早就否定了史耐德遭到他殺的可能性。」

葛西的嘴角輕揚，露出嘲諷的唇形，指出這點。

「你剛才說過。『那個女人和朋友一起回家，接著馬上發生了一場騷動。一人衝出屋外，帶回附近警署的一名警察』而另一方面，你還說『史耐德進屋後，一直到女人回來前，都沒人在屋內進出。這段時間，屋內一片死寂』。從公寓的平面圖來判斷，那房間的出入口就只有那扇門。如果史耐德是他殺的話，兇手又是如何在現場進出？」

——他的一字一句都沒錯，引用得很正確。

不過話說回來，這種程度，D機關的每個人都辦得到，這也是理所當然的結果。

飛崎沉默不語。坐在牆邊雙臂盤胸，靜靜聽他報告的宗像的那對濃眉底下的大眼陡然一亮地開口：

「史耐德是死在公寓的二樓，對吧。有沒有可能是某人從建築的另一側窗口進出？」

「另一側窗口面向人來人往的大路。如果白天有人從二樓的窗口進出，應該馬上會有人報警才對。」

「這麼一來，就沒人會在命案現場進出了。」

葛西不懷好意地笑著說：

「也就是說，這是不可能的密室殺人案件。」

飛崎聽出他話中帶刺，雙眉微蹙，不發一語。

密室殺人，或是不可能的殺人案件，終究只算是「文字遊戲」，不可能成爲正經的討論前提。

結城中校仍閉著眼睛，突然插話：

「……目標物的死因爲何？」

「解剖的結果得知，史耐德的死因是氰化物造成窒息死亡。」

飛崎腦中浮現他暗中取得的驗屍報告書後，回答道：

「用的是很普遍的氰化鉀，要鎖定取得管道有困難。」

「咦，不是失血致死嗎？」

坐在飛崎身旁，身材高大的秋元驚訝地出聲問道：

「根據現場照片，史耐德看起來像是倒臥在血泊中……」

「那不是血，是紅酒。」

「紅酒？」

「從灑滿廚房地板的紅酒中也驗出了從屍體中驗出的毒物。留有史耐德指紋的酒瓶和玻璃杯散落一地，所以他應該是喝了有毒的紅酒而死，不會有錯。」

「哦，加了氰化鉀的毒紅酒。順便問一下，是哪個牌子？」

「瑪歌酒莊（Château Margaux）。是史耐德喜歡的牌子，他透過大使館拿到的，在命案發生的前一個星期，他帶進那名女人的公寓裡。」

「法國酒嗎……」

宗像猛然抬頭，像是想到什麼似地問道：

「等一下。史耐德好像很擅長外文，他到底會幾種語言？」

「有德語、俄語、法語、日語，還有北京話和廣東話……」

「那英語呢？」

「英語當然也很在行，應該說得和母語一樣流利。」

飛崎如此回答，接著反問宗像：

「你爲什麼這樣問？」

「我剛才看了史耐德的遺書翻拍照片後，很在意一件事。」

宗像環視現場眾人說道：

「除了『我對人生感到失望，決定一死』這句話之外，他還在信紙右邊角落的空白處寫了幾個小字，對吧？」

「你這麼一說我才想到，信紙的右角看起來有些髒汙……」

葛西略帶困惑地插話：

「可是，那不是在寫字前用來試筆的痕跡嗎？」

「也許吧。」宗像點了點頭，接著說道，「但我看那像是兩個並排的羅馬字X。」

「兩個X？」

「在英語裡頭，兩個X是表示『背叛』的意思。」

「這麼說來，你的意思是史耐德想在遺書裡傳達他被某人背叛，或是他背叛某人的訊息？」

「有這個可能。搞不好史耐德除了德國和蘇聯外，還可能替英美其中一國效力，是個三面間諜。」

「三面間諜？太離譜了。」

葛西聳著肩，一臉驚訝，宗像不予理會，轉身面向結城中校。

「您怎麼看？」

結城中校微微睜眼。

「爲了謹愼起見，先排除這個可能……」

他低語似地說道，接著開始向每個人下達指示。

「宗像鎖定史耐德身邊以英語爲母語者，或是擅長英語的人展開調查。秋元去調查實際的遺書，也許他以隱形墨水寫了些什麼。葛西去確認德國和蘇聯的大使館動向。如果有哪一國的情報機關有所動作，應該會留下什麼痕跡才對。山內去調查紅酒的進口通路，必須將過程中有可能碰觸紅酒的人全部列出名單。中瀨……」

接受指示的人，紛紛不發一語地起身離去。

飛崎看出在這些面無表情的人們的假面具下有著難以壓抑的好奇心，不禁緊緊咬牙。對他們來說，史耐德死後反而成爲更令他們感興趣的狩獵對象。

不，應該說是**同類**才對。

飛崎在監視史耐德時，一再從他身上聞出和D機關的人同樣的氣味。

——教人受不了的自尊心。

就這點來說，史耐德和他們是同一類的人物。

根據調查，史耐德在來日本前，曾與納粹高層的某人接觸。他的目的是成爲納粹黨員，加入蓋世太保，在這樣的隱身衣下，以德國陣營裡的蘇聯間諜身分，在日本暗中行動。

極其複雜的僞裝。

如果是頭腦簡單的人，甚至無法理解他這麼做有何意義。不用說也知道，當有人懷疑他身分時，他會被納粹拷問，甚至處死，是相當危險的行爲。同時，蘇聯當局也會將他印上「不可輕忽的雙面諜」烙印（馬上被寫進蘇聯祕密警察的的「暗殺者名單」中），眞是如同走高空鋼索般危險。

要嘛得站在蘇聯這邊，在日本蒐集德國的情報。

反之，則是得站在德國這邊，將蘇聯的情報送回德國。

不論是哪一個，如果只是爲了達成目的，根本沒必要讓自己置身在如此危險的立場下。史耐德的行爲，到頭來只是一種近乎異常的興奮感，或是他個人過度膨脹的自尊心所追求的「危險遊戲」罷了。

而就這個角度來說，D機關的學生可以說正是史耐德的同類。

D機關那稀奇古怪的測驗，以及賜予學生超乎想像的課題所做的訓練（而且只有「沒沒無聞」的未來在等著他們），他們都能欣然接受。

——能完成這項任務的人只有**我**。

——如果是**我**，這種小事一定辦得到。

一切都是出自這種過人的自負。

（我不能輸給這些人……）

飛崎強忍心中燒灼的焦急烈火，以挑釁的眼神望向持續下達指示的結城中校。

然而，理應接受這項任務的飛崎，卻遲遲沒接到結城中校下達的指示。

他以眼角餘光望著其他人一個接一個離去，獨自站在一旁咬牙切齒，幾乎都可以聽到自己的磨牙聲。

他這才明白，自己在這裡算是個「異類」……

5

——D機關用人的對象是「地方人」。

當初設立D機關時，結城中校的這項方針在陸軍內部引發強烈反彈，但飛崎是個例外。他一路從陸軍幼年學校唸起，然後經歷陸軍士官學校，最後官拜陸軍少尉，算是「血統純正」的陸軍軍官。

飛崎從小不知父母是何長相。他的父親是名三流畫家，在他出生前遠赴巴黎旅行。後來聽人提起才知道，原來父親是跟另一個年輕女人私奔；而母親也在生下飛崎後不久，跟另一名年輕男人離家出走。他的父母後來如何，飛崎一直都不知道，也不想知道。

他這個被父母拋棄的嬰兒，被送回地方望族的祖父母身邊，由他們養育。不過當時祖父母年事已高，不可能親自照顧像他這樣的嬰兒，所以實際照料他的，是從附近貧窮農家到家裡幫傭的一名未婚女性。

——千鶴姐。

年幼的飛崎總是這樣叫她，緊黏著她。在祖父母那寬廣的老宅裡，只有她身邊才是飛崎唯一感到安心的場所。

幾年後，她已不再到家裡幫傭，於是祖父母便命飛崎去參加陸軍幼年學校的入學考。

年邁的祖父母，面對與他們有所隔閡的飛崎，應該是不知拿他如何是好吧。也許對身爲鄉下望族的祖父母來說，看到飛崎總會讓他們想起自己兒子與媳婦的醜事，看了就礙眼。如果讓飛崎到陸軍幼年學校就讀，只要花少許的學費，一切問題就都解決了。

飛崎在陸軍幼年學校、陸軍士官學校，幾乎都是以第一名的成績畢業。這與大人的想法無關，是他與生俱來的能力與自尊心造就這一切。

自陸軍士官學校畢業後，他一路擔任過連隊裡的士官預備生、見習士官、少尉。

連隊少尉最初的工作是對新兵進行初期教育訓練。

簡言之，就是讓通過徵兵體檢加入陸軍的新兵，確實牢記直屬長官的官階和姓名。這項訓練得從直屬長官，亦即中隊長的官階和姓名開始默背，然後是上面的大隊長、連隊長。接著再從師團長一路到天皇陛下，從下到上、連成一氣地全部灌輸進新兵腦中，這個訓練的主旨就是「喚起身爲天皇子民，同時也是皇軍一員的自覺與感動」。

天皇的子民。

皇軍的一員。

日本陸軍這個組織形成一個如同以天皇爲一家之長的大家族，要求每個人爲了家長，更爲了家族全體，自願捨命前赴戰場。然而……

這太愚蠢了。

飛崎始終不明白，爲什麼自己非得**為家族**犧牲奉獻不可，爲什麼一定要如此拚命或是捨命來守護家族，甚至是擬似家族的日本？

對飛崎而言，他就讀幼年學校、士官學校，之所以都能取得優秀的成績，是為了他自己，根本沒餘力再讓家族這種不確定因素來攪局。

新兵透過訓練，明白自己是天皇子民，是皇軍的一員，甚至有人為此感動落淚，這令飛崎百思不解。當然了，飛崎身為教官，不能將這種情感表現在外，他始終都以冷峻的眼神觀察四周和自己的內心，有效率地完成上級交付的隊務。

而就在連隊因陸軍大演習而移師札幌時，發生了那起事件。

當時，飛崎有名部下因蛀牙化膿，發燒至四十度，臉頰腫脹到幾乎快看不見右眼。不巧的是，正好大隊長下令要那名部下擔任遠距離偵察兵。飛崎向大隊長陳情，請求改派其他人執行這項任務。但大隊長卻嚴格下令，要當事人馬上到大隊總部報到。

飛崎以防寒用的棉襖包覆那名因高燒而發抖的部下，一路扶著他走向大隊總部。大隊長一見兩人這副模樣，放聲怒斥：

「你這是接受作戰指示的態度嗎！生病又怎樣！為了大元帥陛下，就算是死，也求之不得。就算會死，你也得去！」

那名部下連站都站不穩，卻仍想要敬禮，飛崎加以制止，代他開口道：

「雖然您這麼說，但不過就為了一個演習罷了，卻要人強忍病痛，還說什麼就算是死，也求之不得，這實在太愚蠢了。我不認為他現在能勝任遠距離偵察兵的任務。我要找人代替。」

「你說什麼……」

大隊長馬上臉色鐵青。

「你剛才說什麼？不過就爲了一個演習罷了……？你的意思是，奉大元帥陛下之命的我，剛才說的那番話很愚蠢嗎！」

「我沒那麼說。」

飛崎不知該如何應付這名不可理喻的對手，接著說道：

「若有言語冒犯，我在此向您道歉。可是……」

「還有什麼可是不可是的！渾蛋，看我怎麼教訓你！媽的，你也是！竟然還穿著棉襖……馬上給我脫下，立刻出發！」

大隊長大步走近，伸手搭向部下身上那件棉襖的衣領，想要硬將它扯下。

「請等一下！」

飛崎忍不住擋在中間。

但當他回過神來時，大隊長已一屁股跌坐在他面前。

大隊長先是露出驚恐的表情，接著馬上指著飛崎大叫：

「來人，抓住他！這是暴行犯上……抗命罪！我要送你接受軍事審判。」

飛崎呆立原地，那名發高燒的部下則是就此昏厥倒地……

不論理由爲何，陸軍刑法對「抗命罪」以及「暴行犯上罪」有明確的規定。一旦接受軍事審判，飛崎肯定會被判有罪，因此丟官。

——隨你們高興吧。

奉命閉門思過的飛崎，以自暴自棄的心情待在家中時，那名男人突然來訪。

那是一位宛如黑影般的男人，頂著一頭梳理整齊的長髮，清瘦的身軀穿著一件作工精細的西裝。他走路時拖著單腳，手上戴著沒一絲髒汙的白色皮手套。

飛崎起初猜不出他是何方神聖。

「那個**無法調教**的人就是你啊？」

男人面露淺笑地問道，飛崎不發一語地聳了聳肩。

現在說什麼都是枉然。

大隊長不是什麼正經人物，但或許正因爲這樣，在軍中高層才吃得開。如果他眞的想毀了自己的部下，飛崎不過才一名小小的陸軍少尉，不可能有人會出面替他辯護。

「你離開軍中後，可有什麼打算？」

面對男人的提問，飛崎這次搖了搖頭。雖然祖父母還健在，但他一點都不想重回故鄉。

「這個嘛……也許是到滿洲去當馬賊吧。」

聽完飛崎自暴自棄的回答，男人反而滿意地點了點頭，湊向飛崎低語道：

「既然你有這個意思，那就來參加考試吧。」

這就是飛崎與D機關和結城中校的邂逅。

飛崎接受的考試，既古怪又複雜。飛崎一半感到驚訝，另一半則是因自負而不願認輸，他在心中暗忖，

——除了我之外，有人可以通過這種考試嗎？

飛崎暗自苦笑。但事實上，許多來應考的人，似乎成績都和飛崎相當，甚至在他之上。

進入D機關後，每個人都有各自的假名及假造的資歷，彼此的眞實身分都不對外公開。根據他偶然聽說的傳聞，其他人好像都是一般大學的畢業生，是完全的「地方人」。雖然無從確認眞僞，但裡頭似乎也有外國大學的畢業生。

D機關之後的訓練極爲嚴苛，考驗他們頭腦和肉體雙方的極限。

——身爲軍人的我另當別論，這些地方人的少爺一定吃不了這種苦，肯定馬上就會大喊吃不消。

飛崎的這個想法馬上就被推翻。

其他人幾乎都是嘴裡哼著歌，輕輕鬆鬆地完成上頭給予的課題。

不，那是極其嚴苛的訓練，就連受過軍事訓練的飛崎有時也差點叫苦，其實一點都不輕鬆。其他人之所以表現出這樣的模樣，是基於「這點小事，我一定辦得到」的可怕自負。

「別被軍人或外交官這種無聊的頭銜綁住。」

「那不過是日後才貼上的名牌，隨時都會剝落。此刻你們所面對的，就只有眼前的事實。當你們被眼前事實以外的東西束縛住時，就會成爲你們的**弱點**。」

結城中校還舉了個例子，說基督徒把手放在《聖經》上宣誓時，不敢隨便說謊，接著一記回馬槍，批評起如今被神格化的日本天皇制。

「理應是絕對現實主義的軍人卻將組織裡地位最高的天皇尊奉爲現人神，視爲至高無上的存在，這是原本不該有的事。會被這種事給綁住，是對眼前狀況誤判的第一步。再這樣下去，日本軍不管打什麼樣的仗，都無法贏得勝利。」

冷靜分析狀況的結城中校，再次強調今日間諜的重要性和急迫性。接著他環視所有學生，說道：

「人活在世上，其實很容易被某種存在束縛住，但那是放棄用自己的雙眼去看世界的責任，也是放棄自己。」

如果眞是這樣的話……

D機關是很適合飛崎待的地方。

從小周遭的大人就常說他是個「冷漠的孩子」，而他也很不擅長與其他孩子們打成一片。在陸軍幼年學校、陸軍士官學校，與那些像一家人似的同期生相處，也常令他渾身起雞皮疙瘩。

相較之下，像D機關這種用假名、假經歷相處的方式，反而令他感覺輕鬆許多。

誰都不知道他的過去。

包括他沒見過自己父母。

他「毆打」長官而被陸軍革職。

以及他在理應從「地方人」中選拔人才的D機關裡算是異類。

——別被束縛住。

結城中校那句話對飛崎而言，意謂著「自由」。

至少之前一直是如此……

其他人全部離去後，房內只剩結城中校和飛崎兩人。

結城中校深靠著椅背，雙臂盤胸，再次闔眼。

飛崎再也受不了沉默，主動開口道：

「我該做什麼好？」

結城中校微微睜眼，望了飛崎一眼。

——你再去調查那個女人當天的不在場證明一次。

這句指示打向飛崎耳膜。

那個女人？

他一時不明白這句話的含意。

指的是過去和史耐德有關的女人嗎？

史耐德的父親是德國人，母親是俄國人，他有一雙藍灰色的眼珠，略嫌平坦的塌鼻，長相稱不上端正，但頗爲熱情。他常發酒瘋、說話毒舌、鋪張浪費。兼具日耳曼人的冷峻與斯拉夫人的熱情，個性相當複雜。此外，他還有波西米亞人隨興的氣質，也許是這個緣故，他女人緣頗佳。光是他來到日本後，與他發生過關係的日本女性就超過二十人。結城中校的意思，是要我將這二十多個女人當天的不在場證明全都重新調查一遍嗎？

不，不是。

他的指示是單數。

是指哪個女人？

經這麼一想，飛崎猛然驚覺。

「是她嗎？可是……這不可能。」

飛崎搖頭，但結城中校並未答話。

他再次闔上眼，下巴往內收，深深靠向椅背。

他以沉默強制飛崎執行命令。

6

野上百合子有完美的不在場證明。

史耐德寫完遺書後自殺那段時間，百合子正在她所屬的T劇團練習場排戲。從劇團租借的練習場，到她住的公寓，直線距離有五公里遠。就算再怎麼開車狂飆，光往返也要十分鐘以上。如果她讓史耐德寫下遺書，之後再讓他喝下毒酒，這樣的時間根本不夠。

另一方面，野上百合子當天也不可能離開練習場五分鐘以上。她是下一場公演的第一女配角。換言之，她消失在舞台上的時間根本不可能有五分鐘以上。如果當天的練習是「正式彩排」，又更不用說了。

劇團的演出人員、劇團訓練生，以及其他三十多名劇團相關人員，全都異口同聲證實她有不在場證明。

飛崎爲了謹愼起見，在事件發生時，曾僞裝身分潛入審問野上百合子的警署裡，伺機偷偷翻閱調查報告。

「我是在一年前認識卡爾．史耐德。一開始，他是以客人的身分到我上班的俱樂部光顧。雖說他是德國的新聞記者，但他日語說得很好，大家都嚇了一跳。

在眾多女人當中，不知爲何，他特別中意我，之後常到店裡來。每次他來店裡，我們就會一起聊天。

他不只說話風趣，也很會引人打開話匣子。有一次我不小心說出自己想當演員的心願，他非但沒笑我，還鼓勵我。不，不僅如此，隔天他已經替我安排好，讓我接受正式的演員訓練。

我便辭去俱樂部的工作，接受演員訓練。

從那之後，他便常到我的住處來找我。我住處的電話，也是因爲他爲了方便從外面和我聯絡，出錢替我裝設的……」

警方基於幾個原因，一再對百合子展開比平時更爲嚴厲的審問。

其中一個原因，當然是因爲她在現今這種時局下，卻仍和外國的新聞記者保有親密關係，儘管對方是日本盟友的德國人，還是很不尋常，這令警方相當懷疑。

再者，野上百合子曾因爲「有激進的傾向與行爲」，而遭高等女子學校退學。因爲這個緣故，她的父母和她斷絕關係，爲了賺取生活費，她才會到俱樂部上班。

從調查報告中不難看出，她是個有智慧（儘管在現今的日本，這樣表示她的自由主義傾向過於強烈）、想法務實的年輕女性。

「我深愛著他。」

面對警方的審問，野上百合子毫不靦腆地應道：

「和他交往後不久，我馬上就發現他除了我之外，還有其他情人。不過，我並沒有放在心上。不論是日本人還是外國人，有魅力的男性身邊，總是有女人圍繞。這不是他的錯……」

野上百合子的這番話，也和周遭人的證詞相吻合。

面對一看就知道是史耐德情人的其他女性，她也不生氣，一樣和氣地接待她們，就算史耐德在自己家裡開派對，在派對來到尾聲時叫她回自己家，她也都會乖乖聽話，沒半句怨言，此事平時大家都看在眼裡。

就動機來說，也很難認定是百合子殺害史耐德。

還有遺書的問題。

——我對人生感到失望，決定一死。

信紙上所寫的文字，經過鑑定，確定是史耐德本人的筆跡無誤。而且史耐德寫遺書所用的那支鋼筆，飛崎還在他自殺當天親眼看見他買下。

——難道他眞的是自殺？

然而，若眞是如此，他實在無法理解結城中校爲何要特地命令他重新調查野上百合子的不在場證明。

推算史耐德死亡的時間，野上百合子確實身在五公里外的地方。難道她可以隨意操控人在遠處的史耐德寫下遺書，並讓他喝下摻毒的紅酒？

這愚蠢的念頭令飛崎不自主地苦笑。與其要證明這點，倒不如認定結城中校這次判斷錯誤，反而還比較自然。

回到高掛「大東亞文化協會」看板的大樓時，飛崎差點和一名正要從大門走出的人撞個滿懷。飛崎說了一聲「抱歉」，與對方擦身而過時，那人朝他耳邊低語：

「沒有隱形墨水，用的也是普通紙張。」

「什麼？」

飛崎不禁停下腳步，轉身定睛凝視，原來對方是他的同期秋元，只是剛才因為喬裝而沒認出。

秋元向飛崎眨了眨眼，就此走出門外。

接著在飛崎抵達房間前，他的同期不約而同地在走廊上現身，與他擦身而過，或是假裝不期而遇，對他說道：

——會說英語的人，全都是些小角色。很遺憾，目標物是三面間諜的可能性很低。

——特高已不再調查史耐德。

——確認過紅酒的進口通路，沒發現可疑人物。

——德國和蘇聯的大使館員沒有任何異狀，也看不出兩國的情報機關有採取行動的跡象。

最後來到房間前，葛西同樣與他擦身而過，在他耳邊說了幾句話，正準備離去時，飛崎一把抓住他的手臂問道：

「為什麼向我報告？」

「為什麼？」

葛西先是一愣，接著瞇起眼睛應道：

「因為這是你的案子啊。」

葛西粗魯地甩開他的手，就此離去。這次換飛崎為之一愣，目送他離去的背影。

——我的……案子？

飛崎一面思索著這句留在半空的話有何含意，一面無意識地開鎖走進屋內，朝椅子坐下。

許多話語在他腦中盤旋。

……史耐德的遺書沒留下任何線索……普通的紙……我對人生感到失望，決定一死……看不出德國和蘇聯的情報機關有採取行動的跡象……會說英語的人，全都是些小角色……野上百合子沒有任何疑點……XX是背叛的意思……

驀地，有個東西卡在他腦中某個角落。

某個微不足道，卻又莫名令人在意的東西……

飛崎闔上眼，再次回憶起先前他在警署記進腦中的調查報告的內容。

7

「聽說野上百合子招認是她殺了史耐德。」

結城中校隔著大辦公桌如此低聲說道，聽在飛崎耳中，就像此事和自己毫無瓜葛一般。

「憲兵隊前來謝謝我們透露這項情報給他們，眞是難得。」

結城中校如此說道，雙唇嘲諷地扭曲了一下。

憲兵隊原本就不打算將史耐德是雙面諜的「機密情報」告訴警方。

他們這三年來一直沒發現史耐德在帝都從事間諜行爲，與其向警方坦承此事，還不如讓整起事件當作是「一名頭腦有問題的外國記者，在情人的住處自殺」處理還比較好。但這時出現了另一個新的可能，那就是「日本人殺害盟軍德國的新聞記者」。對憲兵隊來說這是個很好的藉口，可以在不告訴警方實情的情況下，全權處理這起案件。

飛崎再也無法壓抑那股直湧上喉頭的不悅，蹙起了眉頭。

他腦中浮現先前向憲兵隊那班人透露情報時，他們看著嫌疑犯的照片，那伸舌舐唇，宛如野獸般的低俗表情。

野上百合子是名有智慧的美女。

不知她會遭受那群野蠻的憲兵隊員何等屈辱的偵訊，飛崎連想都不願想。

飛崎第一次發現她供詞裡的矛盾時，腦中第一個浮現的念頭就是「不合邏輯」。

德國和蘇聯的雙面諜。舉世罕見的花花公子。愛發酒瘋。說話毒舌。

史耐德樹敵眾多。在這之前，他不管何時、什麼原因、被誰所殺，都不足爲奇。

野上百合子只是剛好下手罷了。

爲什麼要由我來揭露她犯罪的事實……？

但一旦發現矛盾，便覺得百合子的口供極爲不自然。

舉例來說，野上百合子發現史耐德屍體時，爲了叫警察來，她叫同行的女友到附近的派出所報警。可是她家中有電話（這對現在的一般家庭來說，並不是那麼普遍）。

爲什麼不直接打電話報警？

此外，她在口供裡提到「接下來一直到美代子替我報警這段時間，我好像都呆立原地，雙手掩面，不斷放聲大叫」。但一直在監視公寓的飛崎知道那不是事實。

兩名女人走進公寓後，旋即發生了一場騷動。其中一名女人奪門而出後，公寓內**一片死寂**。

野上百合子需要時間獨自留在現場。

爲了將史耐德所寫的「遺書」，從另一個地方拿過來放在餐桌上，她需要一個人獨處。所以她不讓同行的女人用電話，而是請她專程跑一趟派出所……

沒錯，那張字條根本不是什麼遺書。

史耐德喪命時，那張字條應該就擺在電話旁。

在供詞中，百合子並未隱瞞她與史耐德通電話的事。因爲只要調通聯記錄，一看便知。

但無法從通聯記錄中確認內容。

「當時他很罕見地表現出消沉的模樣，說話的聲音感覺很陰沉。」

她如此供稱，但持續暗中監視史耐德的飛崎，卻不覺得那天他的神情消沉到走上絕路的地步。到頭來，原來這才是那天飛崎直覺「不可能」的眞正原因。

打電話時，百合子一直和情人言不及義地閒聊，然後像是突然想到什麼似的，說她有句下齣戲會用到的台詞，要史耐德將她說的話抄下來。

我對人生感到失望，決定一死

信紙事先就已備好放在電話旁。史耐德聽從百合子的指示，照她說的話在信紙中寫上日語。就用他當天買的鋼筆。他萬萬沒料到，會用它來寫自己的遺書……

百合子之後說了一句「我今天的練習比預定的時間還久，可能會晚點回來，你可以拿紅酒來喝」地掛斷電話。

她結束練習後，再次打電話回家，當時已沒人接聽。

「我心想，這麼晚回來，他可能生氣離開了。」

百合子如此供稱，說當天的練習是「正式彩排」，很難想像和正式上演以同樣形式進行的「正式彩排」，會比預定結束的時間還久（至少不會拖得太晚，以至於在她住處等候的情人生氣離開）。

爲了謹愼起見，飛崎向劇團的演出人員進行確認。結果得知，當天的練習按照預定時間開始，也幾乎完全照預定時間結束。

野上百合子說謊。

知道這點後，接下來不用想也知道發生什麼事情。

百合子爲了讓史耐德喝下摻毒的紅酒，然後自己發現他喪命家中（爲了取得確實的不在場證明，證明在他死亡時，自己人在遠處），因而刻意向史耐德指定了錯誤的約會時間，而且還和一同工作的女性友人一起返家。當然了，這是爲了讓友人提供證詞，證明她返家時，史耐德已氣絕身亡。

但應該不只這樣的原因……。

從飛崎走進房間到現在，他第一次自己**主動**開口：

「關於殺害史耐德的動機，她說了些什麼？」

「這也和你猜想的一樣。」

結城中校目光緊盯著飛崎，未有一絲游移地回應道：

「野上百合子得知史耐德和她的朋友**安原美代子**關係匪淺，深感嫉妒，因而動了殺機。這是她自己招認的。」

——這名優秀的國際間諜，長年巧妙地悠游在「複雜詭譎」的國際情勢中，最後卻錯估了愛人的心……

飛崎如此思忖，感覺無比諷刺。

野上百合子是個有自由主義傾向的聰明女人，之前就算目睹史耐德和其他愛人打情罵俏，她也能淡然處之。但當她知道史耐德染指她的朋友，同時還是她在劇團裡的後輩，也是和她「爭奪要角」的安原美代子時，頓時感到妒火中燒，難以自抑。

不，也許史耐德已發現她的嫉妒之情。然而明明已經發現，卻仍繼續享受那緊張的快感嗎？若眞是這樣……

寫在信紙角落的那兩個X，果然是「背叛」的意思。

史耐德一面和野上百合子通電話，一面感覺自己此刻正在「背叛」她。對史耐德而言，背叛自己重視的事物的感覺非常重要。就這個角度來說，「ＸＸ」代表了史耐德的內心世界。到最後，這正是這名從事雙面諜多年的男人最與眾不同之處。

飛崎覺得自己正望著遠方的景色，他突然將視線移回結城中校地問道：

「你爲什麼會懷疑她？」

飛崎召開會議時，結城中校**沒辦法看野上百合子的供詞**。

別說史耐德有安原美代子這個情人的存在了，結城中校甚至連百合子的公寓裡有電話一事也不知情。對於飛崎隱約感覺不對勁的眞正原因，他當然更不可能察覺。

但結城中校卻命令飛崎重新調查野上百合子的不在場證明，當時他就已認定野上百合子是殺害史耐德的凶手。

結城中校瞇起眼睛，筆直凝視飛崎，低聲回答他的問題。

「因爲野上百合子和西山千鶴長得很像。」

儘管有一半是出於飛崎的猜測，但聽聞這個回答的瞬間，他感覺就像正面挨了一拳，不禁閉上眼睛。

他眼中浮現幼年時照顧他的那名年輕女性的身影。

提到「家族」一詞，飛崎腦中想到的，不是從小拋棄他，未曾謀面的父母；也不是每每看到他便會想起他父母的醜事，對他冷淡疏遠的祖父母。他唯一會想起的家人，就是那名出身老家附近的貧困農家，到祖父母家幫傭的年輕女人——西山千鶴。「千鶴姐」，這名和他沒任何血緣的女人，是飛崎年幼時唯一無條件接納他的人。

飛崎十歲時，「千鶴姐」便再也沒到家裡幫傭了，她因爲結婚而離開故鄉。幾年後，飛崎聽說「千鶴姐」在產下第一胎後，弄壞了身體，最後罹患肺病而死。

飛崎在奉結城中校之命監視卡爾．史耐德的過程，第一次看到野上百合子時，他簡直不敢相信自己的眼睛。

——千鶴姐。

他差點叫出聲來，野上百合子與西山千鶴的相貌如此相似。

不過，他並未因爲這樣而對監視史耐德的工作有所鬆懈。然而……

「目標物死亡時，你正在監視他。不管他是自殺，還是被他國的間諜所殺，你都不應該沒有發覺才對。」

結城中校以不帶任何情感的聲音接著說道：

「但你卻只回報一句『沒有發覺』。你在D機關受訓過，那時候卻沒用自己的雙眼去看這世界。爲什麼？因爲你被**束縛**住了。會綁住你的東西，就只有西山千鶴的亡靈，這是很簡單的推理。」

結城中校說完後，這才移動視線，朝桌上望了一眼，問道：

「……你不打算重新考慮嗎？」

擺在桌上的，是先前飛崎向憲兵隊透露情報時，他所寫的報告書最後一頁。

那一頁只寫了「因個人因素，向D機關請辭」這句話。

飛崎不發一語，緩緩頷首。

結城中校靠向椅背，難得地嘆了口氣。

「你知道爲什麼D機關只錄用男性嗎？」

很唐突的問題。

飛崎默而不答，結城中校自己回答：

「因爲女人會爲了不必要的事物而殺人，爲了『愛情』或『憎恨』這種微不足道的小事。」

——對間諜來說，殺人是禁忌。

在D機關受訓時，飛崎不斷被灌輸這種在軍隊中絕不能有的觀念。

像影子般看不見的存在。

既然這是結城中校要求的理想間諜形象，那麼，會引人注意的殺人行爲，便是最糟糕的選擇。

此外還有一點。

——別被束縛住。

他不斷被灌輸這個觀念，就是「身爲間諜，用自己的雙眼來看清世界原貌的唯一方法。」

就結果來看，所謂的「畢業考」，並不是結城中校對學生的測試。而是透過「考驗」，讓學生自行判斷自己今後是否能在結城中校底下擔任間諜。

從這個角度來說，這次是飛崎的個人事件。

重點在於**不被綁住**，

然而同時也意謂著不再相信世上的一切，將愛情和憎恨視爲微不足道的小事，加以捨棄，甚至連心靈唯一的依靠也要背叛、拋棄。

飛崎始終無法拋棄「千鶴姐」的身影。儘管在別人眼中，那只是微不足道的東西，但人終究有自己無法背叛的事物，存在著自己無法拋棄的事。

——一旦我拋棄了它，我將不知道自己生存的意義爲何。

飛崎這才明白這點。

同時，他也意識到自己面對其他學生，始終覺得矮人一截的眞正原因爲何。

最後他才知道，眞正傑出的間諜指的是可以捨棄自己以外的一切事物，背叛自己所愛的人，可以獨自生活而甘之如飴的人。

我已達到極限。

不管再怎麼努力，我也無法成爲像他們那樣的怪物。

所以飛崎才會在報告書的最後寫上那句話，表明他的辭意。

結城中校見他辭意甚堅，便從抽屜裡取出一張人事命令，從桌上遞向他。

「這是你的人事命令。」

D機關裡一概不會收發書面的人事命令，命令全都是口頭轉告，或是看完就馬上回收。

在接獲書面的人事命令時，表示飛崎已不再是D機關的一員。

「你的新任職地點是中國北方。聽說會昇你為中尉。」

結城中校以很敷衍的口吻說道。

話中有何含意，不用明說，飛崎也知道。

D機關處理的是陸軍中樞的機密事項，當然也摻雜了一些違法的事物。軍方自然不可能讓「知道太多內幕的人」活著離開。

飛崎的新任職地點應該是此刻正處在槍林彈雨下的最前線。

——先讓他昇官，然後給他葬身之所。

這是陸軍殘酷的「體貼設想」。

飛崎照規矩收下人事命令，夾在腋下，轉身向後，正準備步出房外時……

背後有人叫喚他的**真名**。

他轉身回望，只見結城中校從椅子上站起，右手抵著前額，第一次朝飛崎做出軍隊的敬禮姿勢。

「不可以死。」

飛崎對他的餞別回禮，再次向後轉，默默步出門外。3

解說
完美的間諜

（本文涉及故事情節，未讀正文者請愼入）

顏九笙

在同名短篇〈JOKER GAME〉裡，佐久間看見的D機關學員選拔過程，有如惡質的腦筋急轉彎：在地圖上找一個已經被偷偷塗掉的地點。倒背毫無意義的句子。把進入某棟建築物以後見到的所有細節儲存在腦海，再全部說出來。假如你從小沉迷於間諜/偵探遊戲，又有相機式的記憶力，或許可以輕鬆做到；但是如果要你天天這樣做，不這樣做輕則丟差、重則送命，你要嗎？而且入行之後的第一件事，就是拋棄你自己，從此之後，只有無窮無盡的假身分。以你的能力，職業生涯選擇肯定很多，而且前景看好，爲什麼要花一輩子時間去當一個神經兮兮的騙子？

爲什麼會有人自願去當間諜？

早期的間諜小說可以很簡單地解決這種問題：「他們」的間諜是因爲酒色財氣或天性

邪惡而下海，「我們」的間諜是基於愛國情操和冒險精神才挺身而出。但是經過冷戰與勒卡雷的間諜小說洗禮之後，沒有人能再保持這種天眞的想法了。不管是「他們」還是「我們」的人，光靠著對某種意識型態的信仰，沒辦法長期撐著幹這種睜眼說瞎話的事情—每個人都知道，若要說出騙得過別人的謊話，最好連自己都信以爲眞；然而自我洗腦來回幾次以後，你會開始覺得什麼都是假的。間諜的本質就是自欺欺人。所以在勒卡雷的世界裡，自願當間諜的人多半有某種心理問題：不管喜不喜歡，欺騙與操縱都是他們的第二天性，幾乎是不由自主，所以越有良心過得越苦。因此勒卡雷的故事幾乎沒有皆大歡喜的快樂結局，任務與個人良知永遠處於衝突狀態。

那麼柳廣司筆下的間諜世界又如何？

說來很奇妙——在這個世界裡，做一個抹消個人身分的間諜，在某種程度上反而更凸顯了自我的存在（只是這種「自我」脫離了一般定義）。雖然小說裡吐嘈說間諜的日常生活才沒有什麼冒險浪漫，峰迴路轉的情節卻還是充滿刺激與娛樂性，但同時也悄悄添加了某種當代的虛無色彩。

在現實世界裡，從事間諜活動者的背景五花八門，「英雄不怕出身低」，連罪犯都會吸收利用；但D機關吸收的學員不但頭腦聰明、受過高等教育，甚至連出身都不同凡響，個個都像是「沒吃過苦的公子哥兒」（這種事情倒也有先例：讓英國尷尬不已的雙面諜「劍橋五人組」，都是富貴子弟兼劍橋畢業生）。然而他們卻樂意拋棄這種令人羨慕的身分，投入隱形人式的間諜生涯。為什麼？也許是覺得可以預見的成功人生乏味無趣。也許真有某種莫名的愛國衝動。也許是覺得欺騙與背叛很有趣。但是這些都不重要，最重要的是他們同時具備驚人的自負，能夠漠然應付所有非人的要求——接下來，結城會在訓練與淘汰的過程裡洗掉他們原有的一切，然後改造成他想要的那種「怪物」。

結城一開始就挑明：「在未來等著你們的，是一片漆黑的孤獨。當中支撐你們的，不是外部所給你們的虛幻之物。」照他的意思，金錢、名譽、甚至是愛國心和人命價值都是虛幻的；「你們要成功執行任務，唯一需要的，是在變化多端的各種情況下，都能馬上下判斷的能力，也就是在各種場合中靠自己的頭腦去思考。」所以學員們可以毫不在乎地討論天皇制存在的必要性——而且，他們也「必須」有如此破格的思考方式，因為將來他們不會有固定身分，也不會有真正的人際關係；人類用來建立穩固自我認同的一切元素，都會被剝奪到最低限度。個人的性格思想、過往歷史與愛憎都像衣服一樣，可以隨時穿脫，那麼最後剩下的會是什麼？

再也沒有任何可信之物，真實的只有自己腦中的知識、智慧與意志，還有強悍的軀體。這才是真正的「自我」。他們只相信「自我」。只是，這樣的「自我」沒有太遙遠的過去或未來，只有身為「三好」、「蒲生」、「伊澤」或其他名字的現在，短暫而分裂，隨著一時的任務指示見機行事，完成之後又進入下一個再生循環；三個月前的三好可以是今天的鹽塚，也可以不是；不管是不是，全都無關緊要。

結城打造的理想間諜，似乎是一種虛無、孤獨、幾乎沒有弱點的超人，讓人羨慕也讓人害怕。仔細想想，這些年輕人要是眞的徹底吸收他的教育內容，結訓後對敵我雙方都像出鞘的刀一樣危險——誰知道他們明天靠自己的頭腦思考以後，會得到什麼結論？他們不見得會認爲非得效忠母國不可吧？畢竟連愛國心都可以視若無物，也無法以情愛羈絆他們。佐久間對這些人會感到嫌惡排斥，其實是理所當然的。假設這樣的完美間諜眞的被創造出來了，合理的下一個問題是：他們爲什麼要聽話？

書中不曾強調，但聰明的讀者自然想像得到，間諜的聯絡系統不但保證情報員在敵後活動的安全，也是要確認他不會叛逃或怠工。但間諜與所屬機關之間，除了互相牽制之外……或許，呃，還是有某種個人魅力在起作用吧。表情冷峻、思考縝密到讓人膽寒的「魔王」結城，專挑家世良好、智慧體能自尊全都超越他人的天之驕子下手，其實很有道理—這些人誰都不服、誰都不愛，自以爲聰明，卻又暗自渴望得到「値得尊敬的」（換句話說，就是比他們更聰明更自制的）權威認可，被結城馴服了以後，想必很難逃出他的掌握。就像是伊澤，發現自己被結城徹底利用以後就只是「苦笑」，心中或許還有某種微妙的欣喜。小說中只有飛崎加入D機關之後又自願脫離—他是唯一有軍人背景、從小身世坎坷的學員，也只有他無法擺脫過往的情感羈絆。即使如此，結城還在他臨走之前說道：「不可以死。」你可以說他很有人情味，我則懷疑這是溫情脈脈的籠絡，以備不時之需。

不知道該說是可惜還是幸好，D機關的理想間諜實際上幾乎不可能存在——至少無法長期維持，因爲沒有人能夠忍受在精神上與社會上徹底虛浮無根的「自由」狀態，那是夢魘。但是，我忍不住會想，要是有這麼一個虛無的完美間諜存在，他徹底掙脫了「一切」，甚至也不受結城牽制，那會衍生出什麼樣的故事？

在完美間諜只是紙上的想像遊戲時，一切都很有趣。

本文作者介紹

顏九笙　推理文學研究會（MLR）成員。勒卡雷崇拜者。也許會變成柳廣司崇拜者。

圖書館出版品預行編目資料

機關.1，JOKER GAME／柳廣司著；高詹燦
. -- 二版.--.臺北市：獨步文化, 城邦文化
業股份有限公司出版：英屬蓋曼群島商家
傳媒股份有限公司城邦分公司發行，民
0.01
面；　公分. --（日本推理名家傑作選：36）

譯自：ジョーカー・ゲーム

SBN 978-986-9447-93-5（平裝）

.57　　109017608

978-986-9447-93-5

d in Taiwan

邦讀書花園
.cite.com.tw

日本推理名家傑作選 36

D機關1—JOKER GAME

原著書名／ジョーカー・ゲーム
原出版社／角川書店
作者／柳廣司
翻譯／高詹燦
編輯／張麗嫺、徐慧芬
版權部／吳玲緯
行銷業務部／陳紫晴、徐慧芬
編輯總監／劉麗真
總經理／陳逸瑛
榮譽社長／詹宏志
發行人／凃玉雲
出版／獨步文化
　城邦文化事業股份有限公司
　台北市中山區104民生東路二段 141 號 5 樓
　電話：(02) 2500-7696
　傳真：(02) 2500-1967
發行／英屬蓋曼群島商家庭傳媒股份有限公司
　城邦分公司
　台北市中山區民生東路二段 141 號 2 樓
讀者服務專線／(02)2500-7718; 2500-7719
24 小時傳真服務／(02)2500-1990; 2500-1991
服務時間／週一至週五：09:30～12:00
　13:30～17:00
讀者服務信箱／service@readingclub.com.tw
劃撥帳號／19863813　戶名／書虫股份有限公司
香港發行所／城邦（香港）出版集團有限公司
香港灣仔駱克道 193 號東超商業中心 1 樓
電話／(852) 2508-6231　傳真／(852) 2578-9337
E-mail／hkcite@biznetvigator.com
馬新發行所／城邦（馬新）出版集團
Cite (M) Sdn. Bhd. (458372 U)
11,Jalan 30D/146, Desa Tasik,Sungai Besi,
57000 Kuala Lumpur, Malaysia
電話：(603) 9056 3833　傳真：(603) 9056-2833

封面插圖／三輪士郎
封面設計／高偉哲
排版／游淑萍
印刷／中原造像股份有限公司
□2012 年（民 101）2 月初版
□2021 年（民 110）1 月二版
定價／330 元